天使の柩

村山由佳

集英社文庫

天使《てんし》の柩《ひつぎ》

Farewell, Angel

†

そのひとは満開の桜の下に横たわっていた。

はじめ、死んでいるのかと思った。公園の広場を横切りながら気づき、ぎょっとなって立ち止まったら、仰向《あおむ》けの死体が急に動いたのであたしは飛びあがった。

片腕がゆっくりと持ち上がる。そのあとから、もう片方の腕。眩《まぶ》しすぎる空を抱きしめるかのように両手を伸ばしても、舞い落ちる花びらはみんな少しずつ遠くて、指の間をひらりひらりとすり抜ける。しばらくすると、そのひとはあきらめたようにだらんと腕を下ろし、また草の上に大の字になった。

たくさんの桜の樹《き》に囲まれた広場は、週末にはお弁当をひろげる家族連れでにぎやかになるけれど、こんな平日の午前中に花見をしている暇人はいない。スカジャンのポケットに手をつっこんだまま、人騒がせな死体のそばを早足で通り過ぎる。

と、すぐそばの地面に放りだされているキャンバスと絵の具箱が目に留まり、ようやく気づいた。死体は、時々このへんで絵を描《か》いている男の人だった。

公園で絵を描く常連の顔ぶれはだいたい決まっているけど、彼はあたしの知っている中でいちばん愛想のない絵を描く人だ。いつ後ろから覗《のぞ》いても、スケッチブックやキャンバスに風景と空以外のものが描かれていたためしがない。おまけに、ふつうなら鮮やかな絵の具を使いそうなところを、ほとんど色味を感じさせないダークトーンでばかり描く。空は、青っぽいグレー。森は、緑っぽいグレー。水は、透明っぽいグレー。きっと性格も根暗なんだろう。関わり合いになりたくないタイプだった。

この公園は、もとはといえば石神井城《しやくじいじよう》というお城の跡なのだそうだ。もう五百年以上も前にこのあたりの領主だった豊島泰経《としまやすつね》の居城で、園内の説明板には太田道灌《おおたどうかん》に攻め落とされた経緯だとか、父のあとを追って池で入水《じゆすい》自殺したという照姫《てるひめ》の伝説についても詳しく書かれている。悲しい言い伝えを思い浮かべながら眺めると、黒々と静まり返った池がなおさら深く見えたりする。

学校への行き帰りや、駅からの帰り道、天気さえ良ければあたしはバスには乗らずに、歩いて公園を突っ切る。そうでなくても、池の周りをぶらっと散歩するのが好きだ。

今の季節は、一年の中でもいちばん気持ちがいい。舞い散る桜の花びらが、まるでその上を歩けそうなほどびっしりと水面を覆って、すれ違う人たちの顔がみんな幸せそうに見える。太鼓橋のたもとには山吹《やまぶき》の花が爆発するみたいに咲き乱れ、陽《ひ》が射すと眩しくて目を開けていられないくらいだ。

そういえば照姫という人も、山吹についての歌みたいなのを遺《のこ》していたっけ。七重八重とか、実がどうしたとか、あたしには意味がよくわからなかった。本を読むのは嫌いじゃないけど、昔の言葉遣いは今と違ってカクカクと四角い感じがして難しい。

池をぐるりと取り囲む公園を抜けて、車がようやく一台通れるような細い道を渡ると、野鳥誘致林があり、小さな森みたいになっている。訪れる鳥たちの姿と名前が描かれた案内板はここを通るたびに目に入るから、とくべつ鳥が好きなわけでもないのにけっこう詳しくなってしまった。

ケヤキの大木の根元に置かれたベンチのところへ行き、スカジャンのポケットからクリームパンの袋を取りだす。

チチチ、と舌を鳴らして何度か呼ぶと、やがて笹《ささ》の茂みから細い鳴き声がして、オレンジ色のトラ猫が顔を覗かせた。まだ大人になりきらない、細っこい体つき。呼んでいるのがあたしだとわかると、小走りに駆けよってくる。

「ほら、ゆっくり食べな。全部あんたのだから」

最初はがっついていたのが、クリームのついているところを夢中で食べきった後はだんだん落ち着いてきて、結局まわりのパンはほとんど残したまま座りこみ、前肢《まえあし》でくるくると顔を洗い始めた。

喉を鳴らしながら何度もおいしそうに舌なめずりをしているのが、いかにも単細胞っぽくて可愛《かわい》い。うちで飼ってやれたらどんなにいいかと思うけれど、無理な話だった。ペット不可だから、の前に、父さんは生きものが嫌いだ。

「また何か持ってきてあげるからね」

頭を撫《な》でてやってから立ちあがる。歩きだしながらふり向くと、猫はまだあたしを見ていた。

公園を出てほんの二、三分のところにあたしの家はある。「パークサイドハイツ」という名前のマンション……それともアパート？　どっちだかよくわからない。あたしの勝手な分類では玄関ドアが合板で外階段が鉄製なのがアパート、玄関ドアがスチールで階段がコンクリート製なのがマンションなので、それでいくとパークサイドハイツは小さいけどぎりぎりマンションということになる。

そっと鍵を回し、ドアを開けた。この時間、父さんは会社に行っているはずとわかっていても、やっぱり緊張する。部屋の奥を窺《うかが》い、人の気配がないことを確かめて、あたしはようやく体から力を抜いた。

素足に履いていたスニーカーを脱ぎ捨て、自分の部屋に行ってスカジャンをハンガーに吊《つ》るす。寝ているタクヤに黙って借りてきたそれは、てろてろの生地が光る安っぽさで、今のあたしにはちょうど似合いだった。

キッチンへ行ってみる。ゆうべ作っておいた炒《いた》め物は、ラップがかかったまま手つかずでテーブルの上にあった。べつに何とも思わない。食べてあるほうがびっくりだ。匂いを嗅《か》いでみたけど悪くなってはいないようだったので、レトルトのごはんと一緒に電子レンジで温めた。作る時ちゃんと味見したはずなのに味が薄くて、でもフライパンを出すのが面倒だったから、適当にソースを回しかけて食べた。

流しの洗いものを片付けてから、シャワーを浴びる。ゆうベタクヤに強引なことをされたせいで、体のあちこちが打ち身みたいに痛い。

胸の横に彼が残した醜い吸い跡を見つけて、あたしは思わず眉を寄せた。やめてって言っているのに、どうしてわざとこういうことをするんだろう。赤黒いような跡は、もっと小さかった頃の痛みを思いださせる。ちょっとつねられただけでも、あたしの肌はこんなふうに跡が残りやすいのだ。

バスルームの鏡に映った自分から目をそむけた。

それでなくても、あたしは醜くて、いやらしくて、汚い。亡くなったおばあちゃんから毎日のように言われていたせいばかりじゃなくて、それが事実だということはあたし自身がいちばんよくわかっている。

だって——だって、こうして鏡で見れば一目瞭然《いちもくりょうぜん》だから。目は、ふつうにしていても何かにびっくりしているみたいだし、唇は卑しい感じに分厚くて、茶色がかった癖っ毛はしょっちゅう先生にカラーやパーマを疑われる。中学のクラスの子たちと比べると肌の色も浅黒い。手足はガリガリの棒みたいで、なのに胴体はへんに肉付きがよくて……体も顔もパーツ同士のバランスが悪いから、どこもかしこもいびつな感じがする。

どのみちハーフだからと色眼鏡《いろめがね》で見られるんだったら、せめてもうちょっとくらい綺《き》麗《れい》に生まれついたってよかったのに、と思う。どうやらうちの両親は、遺伝子レベルで相性が悪かったらしい。

〈ああ、いややわ〉

おばあちゃんはいつも、下等な生きものを見る目つきで言った。

〈子どものくせに、なんていやらしいんやろう。あの女の血よ〉

おばあちゃんの言う〈あの女〉、つまりあたしの母親は、夜のお店で働いていた時に父さんと知り合って一緒になり、あたしを産んだ。でもある日、父さんとあたしを捨てて家を飛びだし、国へ帰ってしまった。あたしが四つの時のことだそうだ。ほんのうっすらとだけ覚えている。若い女のひとの横顔。甘い優しい声と、あたしには意味のわからない言葉で歌われる子守歌……。

母親がいなくなってどれくらいたった頃だったか、親戚のお葬式で、徳島の田舎《いなか》に集まったことがある。もちろん父方の、天羽《あもう》家の親戚だ。

その時、小さいあたしにとくべつ優しくしてくれた男の人がいた。顔はわからない、他の人と同じで黒い服を着ていたことしか覚えていないけど、とても穏やかな喋《しゃべ》り方をするお兄さんだった。

子ども心に親戚じゅうから奇異の目で見られているのを感じとって心細い気持ちになっていたあたしは、お兄さんに誘われるままに母屋《おもや》の二階へ行き、内緒でお菓子をもらったとたん、ほっとした。ここにいてもかまわないんだと思った。言われるとおり、膝に乗って後ろ向きに抱っこされ、お喋りをしながらあちこち撫でてもらってますますいい気持ちになっていたら、探しに来たおばあちゃんがそれを見るなり、般若《はんにゃ》の形相で怒った。

〈いやらしい〉

という言葉を初めて耳にしたのはその時だった。狼狽《うろた》えているお兄さんに対してではなく、その言葉はまぎれもなくあたしに向けられていた。意味さえよくわからないのに、聞いたとたん、いたたまれなくなった。あたしという存在、あたしが生きていることそのものを、まるごと否定された気がして胸がつぶれそうだった。声も出ないままぽろぽろ泣いていたら、おばあちゃんにひどくぶたれた。

以来、おばあちゃんは天羽の親戚との付き合いを一切断ってしまった。もとからたいして行き来はなかったようだけど、本当に誰とも、年賀状のやり取りさえしなくなった。恥だから、というのがその理由だった。

いやらしい。

恥ずかしい。

あたしが小学四年生で生理になってから後は、おばあちゃんが憎々しげにそう口にする回数はよけいに増えた。

〈はやばやと色気づいたりして、恥ずかしいと思いよ、茉莉《まり》。あんたはあの女の血を引いとんよ。そういういやらしい体で、物欲しそうな顔をしてるんが何よりの証拠よ〉

その母親からは、家を出ていってから十年間、何の音沙汰もない。望まれて日本人の父さんと結婚してはみたものの、異国での生活に、というかおばあちゃんと一緒の生活に、ほんの数年で耐えられなくなったらしい。恨めしい気持ちがないと言えば嘘《うそ》になるけど、わからなくもなかった。

ただ、結果として嫁をいびり出した形になり、しかも自慢の息子の顔に泥を塗られたおばあちゃんの怒りは相当なもので、恨みつらみが全部あたしに向いた。

〈だからあれほど反対したのに、案の定やったよ。あんなだらしのない、素性もはっきりしない女と一緒になったって、そもそも続くはずがなかったんよ。清志《きよし》はな、子どもの頃のＩＱテストじゃもうあとほんの少しで天才って呼ばれるくらい頭が良くって、先生たちからもさんざん期待されて育ったんやけん。中学でも高校でも、卒業の時にこの学年は清志くんがしょって立ったって言われるくらい優秀やったんやけん。それをあの女ときたら……お人好《ひとよ》しの清志をだまくらかすくらい朝飯前だったやろうけど、もとから釣り合うわけがないんよ。身の程知らずも甚だしいわ〉

言いつのりながら感情が高ぶってくると、おばあちゃんはあたしの耳をつかんでひねりあげたり、腕や脇腹をつねったりした。服をめくって背中とかお尻を物差しでひっぱたかれることもよくあった。

〈ああもう、いやらしいったらこの子は、こっち向かんといて。あんたの目つきを見よると、あの女にそっくりで恐ろしいったらありゃしない。このままいったら、あんたもどうせまともな人間になるわけないよな。あの女と同じ、バイタになるのが関の山よ。ああ、いやだ。ああ、いやらしい〉

バイタ、という言葉を知らなかったあたしは、わざわざ父さんの本棚にある辞書を引いて調べた。よせばよかった。字面も意味も、最低だった。

――売女。

あたしは将来、それになると決まっているのか。

おばあちゃんの言葉は、まるで童話の『眠り姫』に出てくる悪い魔女の呪いみたいに、あたしを縛った。二年前に癌《がん》で亡くなってからも、それは変わらなかった。

今ではもう顔さえろくに覚えていない母親と同じ〈売女〉に、いつなるんだろう、いつなるんだろうと身構えていると胸の内側がヒリついて、いっそのことさっさとなってしまえば楽になれるんじゃないかと思えてきた。去年、中二の冬の初めから学校をちょくちょく休んでタクヤみたいな男と付き合うようになったのは、そのせいばかりじゃないけどそれもある。

ちなみに、おばあちゃんのお葬式で、あたしは泣かなかった。意地になっていたわけじゃなく、本当にこれっぽっちも涙が出なかった。

いろいろひどいことを言われたりされたりもしたけど、曲がりなりにも今まで面倒を見てくれた人の死をちゃんと悼むこともできないなんて、あたしはやっぱり〈まともな人間〉にはなれないってことなんだろう。上等だ、どうだっていい、と思う一方で、やりきれなさが膝の力を奪っていった。おばあちゃんの声で繰り返される〈あんたもどうせ〉が、頭の中に居すわって離れてくれなかった。

実際、どうでもいい男に限って、あたしの顔や体に惹《ひ》きつけられるみたいにして寄ってくる。一皮剥《む》けばこんなにいびつで醜いのにどうして、と思うけれど、それがわからない男だから平気ですり寄ってくるんだろう。こんなあたしだって、誰にもかまってもらえないのは寂しい。ネズミほどの分別しか持ち合わせていない男でも、いないよりましだ。母親譲りの〈いやらしい〉〈恥ずかしい〉〈恐ろしい〉この顔と体が、あたしを完全な孤独からはどうにか救ってくれているなんて、つくづく皮肉な話だった。

やけどするほど熱くしたシャワーを頭から浴び、我慢の限界を過ぎてから止める。濡《ぬ》れた時だけ直毛になる長い髪の先から、水滴がぽたぽた落ちる。

あたしなんか。

あたしなんか、この体ごと全部、排水口に吸いこまれてしまえばいいのに。

†

〈天羽さんはさ、その歳《とし》にしてはびっくりするほど頭が良くて大人びてて、難しい言葉なんかも知ってるわりに、ときどき妙に子どもっぽいことを言ったりしたりするよね〉

副担任だった物理化学の先生から、そんなふうに言われたことがある。

〈いや、悪いことじゃないよ、むしろバランス的にはいいことだと思うんだけど〉

〈そうかな〉あたしはとぼけてみせた。〈自分じゃよくわかんない〉

わからないはずがなかった。もし本当にあたしが大人びていて頭がいいとしたら、脳《のう》味噌《みそ》の回路に何かしら父親譲りのものがあるからだろうし、難しい言葉を知っているのは、たまたま家じゅうの本を手当たり次第に読むしかない特殊な事情があるせいだ。

ついでに言えば、たまに子どもっぽくふるまってみせるのにも理由がある。あたしみたいな生まれついての異分子は、せめて無邪気なふりを装うくらいのことをしないと、人から優しく扱ってもらえないのを知っているからだ。あたしはいつだって計算高い。

古い記憶がある。

銀色に輝いていたのが川面《かわも》だったのか、それとも土手にはえたススキの穂だったのかはわからない。季節までは覚えていない。はっきりしているのは、それがあたしの十四年間の人生における最古の記憶だということだけだ。

そのとき父さんは、あたしと母親だけを車に乗せて、どこか山奥の川原へ連れていった。助手席には何か黒くて丸い炭みたいなものが積んであって、興奮した様子の父さんは、それを車の中で燃やしてみんなで死のう、お前たちが俺を見捨てるなら一人ででも死んでやる、とわめき散らしていた。母親が泣いて止めるものだから、あたしも加勢するつもりで一生懸命に泣いた。

そんなことが、そのあとも何度か繰り返されたように思う。大体の事情をあたしが理解したのはずいぶんたってからだ。

おばあちゃんが近所の親しいおばさんにこぼしていた愚痴の断片をつなぎ合わせてみると、当時の父さんは、勤務先で微妙な立場にあったらしい。昇進とか派閥だとかの問題はあたしにはよくわからないけど、あの人はたぶん、初めての挫折に耐えきれなかったんだろう。小中高とお勉強は一番で、人の羨《うらや》む大学に入って、誰もが知っている会社に就職して、おばあちゃんをはじめとする周囲から期待をかけられまくって……それまで陽のあたる道だけを歩いてきたあの人にとって、予定していたエリートコースから弾《はじ》き出されるなんてことは、絶対にプライドが許さなかったに違いない。

こうと思いこんだら一切の余裕がなくなるところが、あの人の悪い癖だ。その昔、(おばあちゃんの話を信じるならだけど)上司から強引に連れていかれたフィリピン・パブで、どんなふうにあたしの母親に夢中になり、周囲の反対を押し切って結婚したかについても簡単に想像がつく。自分の考えに対して横から口を出されるのが我慢できない人なのだ。

だけど、狂言自殺というのは結果的に未遂に終わるから狂言なんであって、当人がその気で騒いでいる間は、本当に死ぬ気かどうかの区別なんてつかない。当人は本気じゃないのに間違って死んでしまうことだってないとはいえない。

そういう不安定な状態がずっと続く夫と、息子をいまだに自分のものだと思いこんでいる姑《しゅうとめ》にふり回されることに疲れきって、あたしの母親はとうとう全部放りだしていなくなってしまった。どこかで生きているとは思うけど、べつに会いたいなんて思わない。あたしにとってはもう、他人よりも遠い人だ。

でも父さんは、妻に捨てられたことをきっかけにどんどん壊れてしまって、おばあちゃんが亡くなってからはよけいに歯止めがきかなくなった。会社をクビにならないところをみると外ではふつうにふるまっているみたいだけれど、家に帰るとあんまりふつうとは言えなくなる。

今夜もそうだった。

午後七時を過ぎた頃、玄関のドアが開く音がした。

あたしは慌てた。予想よりだいぶ早い。飲みものを取ってきていない。トイレもまだだけど、もう間に合わない。

廊下を通ってキッチンと居間を覗いた父さんは、あたしが自分の部屋にいるとわかると、いつものとおりにした。カチリと音がする。部屋のドアに廊下側から鍵をかける音だ。スライド式のその鍵は、父さんがホームセンターで買ってきて取り付けたものだった。ささやかな日曜大工。

二人ともが家にいる時は、いつだってこうだった。父さんは、自分がキッチンで何か食べたり居間でテレビを観《み》たりする間、必ずあたしを部屋に閉じこめる。三十分くらいの時もあれば三時間を超える日もあるけれど、とりあえずひととおりの用事が済むとドアの外鍵を開けてくれて、かわりに自分の寝室にこもって今度は内側から鍵をかける。

その音を聞いてから、あたしはようやく部屋を出てトイレを済ませ、晩ごはんがまだなら一人で食べ、音量を小さく絞ってテレビを観たり、お風呂に入ったりする。あたしがそうしている間、父さんはまず絶対に寝室から出てこない。どうしても必要のある時はインターフォンがビーッと鳴らされる。あたしは慌てて部屋へ走っていき、また外鍵がかけられる音を聞く。その繰り返し……。

おばあちゃんが生きていた頃はそんなことはなかったのに、どうして、いつのまにこうなったんだかわからない。あの頃、毎日のようにあたしに浴びせかけられていた辛辣《しんらつ》な言葉の数々に、多少は父さんの気が済んでいたせいなのかもしれないけど、だからっておばあちゃんがもっと長生きしてくれればよかったとは全然思わなかった。最初のうちは部屋に閉じこめられている間じゅう不安で泣いたりもしたけど、今ではもう慣れた。本当に嫌なら、家に帰らなければいいだけの話なのだ。

閉じ込められることがわかっていてあたしが家に戻るのは、じつを言うと、いまだに怖くてしょうがないからだ。父さんを一人にしておいたら自分で死んでしまうんじゃないか。あの川原みたいな場所へ行って、今度こそ自殺してしまうんじゃないか。そう考えると、いくらタクヤがもっと泊まっていけと言っても、二日続けては家を空けられない。

それに父さんは、どんなに長くあたしを閉じこめたとしても、必ず最後には鍵を開けてくれる。忘れたりしないってことは、あたしの存在を忘れていないという証拠じゃないかと思う。つまり、あたしを積極的に痛めつけたいわけじゃなくて、ただ自分を捨てていった女に似た顔を見たくないだけなのだ。それはたぶん、父さんだけのせいじゃない。

キッチンから物音がする。グラスのぶつかる音、氷を入れる音。どうやらお酒を飲むつもりらしい。

壁ぎわに吊るしたスカジャンを見あげる。その隣に吊るしてある中学の制服とは、いろんな意味で隔たりがありすぎて、なんだか両方ともあたしとは無関係な世界のもののように見える。

〈今ならまだ少年Aで済むもんな〉

というのが、来年二十歳になるタクヤの口癖だ。根っからの悪い人間ではないと思うのだけど、ちょっとしたことですぐキレるから、同年代で彼に逆らう者はいない。一人だけ頭の上がらない先輩はいるみたいだけど、あたしはまだその人に会ったことがない。

去年の秋まで、タクヤのいる世界は、あたしとは本当に無縁だった。それまでのあたしは、学校にちゃんと真面目《まじめ》に通っていたし、友だちだって多くはないけどいないわけじゃなかった。

細心の注意を払って目立たないように憎まれないようにしていれば、どこかのグループには入れてもらえるものだ。どのクラスにも一人はお節介焼きがいて、弾かれそうな子を救済しようと張りきってくれる。善意に見えて、たいていは自分の優越感を満足させるための行為に過ぎないのだけれど、本人も気がついていないことを責めるのは酷というものだろう。

例の副担任の先生とは、よく化学準備室で他愛ないお喋りをした。放課後ふらっと覗きに行くと、あたしの分までお茶を淹《い》れてくれたり、たまに自販機のジュースをおごってくれたりすることもあった。今どき七三に分けた髪型がオタクっぽくて、致命的に授業がつまらないから生徒に人気はなかったけど、話してみると案外気さくないい先生だった。いちいちお説教めいたことは言わないし、あたしのことを子ども扱いもしないかわりに、とくべつ大人扱いもしないのが居心地よかった。

でも、あるとき突然よそよそしくなった。授業中こっちに顔を向けなくなり、うっかり目が合うと慌てて視線をそらすようになったのを見て、あたしは悟った。きっと他の先生か保護者から何か言われたのだ。特定の女子生徒と親密になりすぎるのはいかがなものか、みたいなことを。

だとしたら生徒の誰かが告げ口をしたとしか考えられないけど、べつに何の疚《やま》しいこともないはずなのに保身に走る先生に、心の底から失望したのは確かだった。結局、信じられる相手なんか誰もいないんだと思った。

――ああ、喉が渇く。さっき炒め物にかけたソースのせいだろうか。

なのに、トイレに行きたくてしょうがない。気を紛らわせたくても、雑誌も新聞も持ってきていない。

部屋にある本はもう全部、覚えるくらい何度も読んでしまった。テレビのないこの部屋に閉じこめられている間、時間つぶしにできることといったら読書くらいのものなのだ。父さんの寝室にあった新刊本、おばあちゃんが遺した古い本、歴史小説や推理小説やエッセイ、『家庭の医学』や『広辞苑』や写真週刊誌に至るまで、手当たり次第に持ってきては読んでいるうちに、あたしは自分がまたへんに歪《ゆが》んだ感じで「大人びて」しまったのを知った。

枕元の時計を見る。もう一時間以上たっている。お酒を飲みながら何をしているんだろう。この時間帯に父さんのいつも観るテレビ番組はやっていないはずなのに。

携帯をいじってみる。メールを送りたい相手なんかいない。タクヤはもちろんのこと、誰に送っても後が面倒くさい。かといってゲームをする気にもなれない。

無意味にいろんな設定を変えたり、聴きたくもない音楽を流したりしているうちに、また一時間がたった。おしっこに行きたくてたまらない。おなかの下のほうがぱんぱんに張って、鈍く痛む。身動きすると危ないくらいだ。

あたしは、そろりそろりと這《は》っていって、ドアの内側をノックした。

前にも一度こういうことがあった。その時は父さんが鍵を開けてくれてそのまま寝室にこもったから、トイレから出てきた後はあたしの時間だった。

でも、待っているのに鍵は開かない。思いきってさっきより強くノックしてみた。何の反応もない。人の気配すらない。

もしかして、酔っぱらって寝てしまったんだろうか。眠りがあんまり深かったら本当に気づいてもらえないかもしれない。インターフォンがあるのは父さんの寝室と居間だけだ。この部屋からは鳴らせない。

父さんの携帯を鳴らしてみる。続けて、家の電話も。

駄目だ。何度かけても出ない。

遠慮なんかしている余裕はもうなかった。ドアの内側をばんばん叩《たた》きながら大声で呼ぶ。

「開けて……父さん、ねえ開けてったら！」

どれくらい叫んだだろう。こんなに騒いだらお隣に聞こえて変に思われるかもしれない、でも駄目、もう一分も我慢できない、こめかみの血管が切れそうだ、ほんとうにヤバい、声を出すだけで力が抜けてしまって、ああ、もう……！

頭の中が真っ白になりかけた時、カチリ、と音がした。

ノブをもぎ取るみたいに部屋を飛びだし、寝起きの顔の父さんを押しのけると、ものも言わずにトイレに駆けこんだ。ぎりぎり、間に合った、ことが、奇跡みたいだった。

あまりの安堵《あんど》に体じゅうの力が抜け、茫然《ぼうぜん》と座ったまま、四角な天井をぼんやり見あげる。いま自分はものすごく間の抜けた顔をしている、と思う。

しばらくそうしていて、ふっと気づいた。

父さんの顔をまともに見たのなんて、どれだけぶりだろう。

†

隣で腹ばいになったタクヤが言った。だるそうに顎《あご》の先を枕に埋《うず》める。

「あーちきしょう、腹減ったなあ」

「女とヤった後って、なんでこう腹減んのかな」

あたしは黙って煙草《たばこ》のヤニ臭い毛布にくるまった。

女と、だなんてひとくくりにされるのは腹立たしかったけど、もちろん言わない。嫉妬してるみたいに誤解されたら面倒くさいからだ。男というのはどうして、自分がちょっとでも優位に立っていると思うとすぐ威張りたがるんだろう。よっぽど自信がないからだろうか。

わかったふうなことを言ってみても、あたしにとってはタクヤが初めての相手だった。身近な男といえば父さんか先生か、あとは同い年のクラスの男子くらいしか知らなかったあたしにとって、タクヤ——井川琢也《いがわたくや》は、まったく馴染《なじ》みのない生きものだった。男というよりも、扱いの難しい犬みたいな感じがした。不用意に手を出せば咬《か》みつくけど、懐《なつ》いてみるとけっこう可愛げのある犬。

知り合ったのは去年の冬の初め、もう四ヵ月以上前だ。

父さんからやたらと長時間にわたって閉じこめられる日が続いて、でもそんなこと先生にも友だちにも言えるわけがないし、そうなると学校へ行く気にもなれずに池袋《いけぶくろ》の西口をふらふらしていたら、声をかけてきたのがタクヤだった。

伸びかけの茶髪に片耳ピアス、猫背なのが気にくわなかったけど、寒かったからお茶だけのつもりで付き合った。トールサイズの甘いラテをおごってくれて、ゲームセンターでもう少し仲良くなり、夜はハンバーガーとポテトのセットをまたおごってくれた。そうして彼はその日のうちに、カラオケボックスの片隅であたしを抱いた。

こちらのことを勝手に高校生だと踏んでいたらしく、後から十四だと知ってびっくりしていたけど、だからといって謝ったりはしなかった。そのことに、あたしはほっとした。いくら早く〈バイタ〉になってしまいたかったからとはいえ、初めてのセックスのあとで男に謝られたりしたら、ますます死にたくなっていたかもしれない。

始まり方は今ひとつ不本意だったけれど、あたしみたいな不細工な女は選《え》り好《この》みなんてできる立場じゃないし、こういう関係になってしまったからには相手のことをちゃんと好きになるべきだと思って、最近のあたしはけっこうタクヤに尽くしている。けなげで甲斐甲斐《かいがい》しい彼女を演じていると、自分でもふっとそれが本当の気持ちのように思える時があって、そういう時のあたしはいつもよりほんの少しは綺麗になれた感じがするから、それが気持ちよくて彼のそばにいるような気もする。

相手は誰でもよかったんじゃないかと言われれば、そうかもしれない。でも、人の縁なんてみんなそんなものじゃないだろうか。つまり、これだけ多くの人がひしめく中でその相手と出会ったという時点ですでに、〈運命〉の第一条件くらいはクリアしているってこと。

タクヤが運命の相手だとは今のところ思えないけど、それなりの縁があったんだろうなとは思う。あのとき彼に拾われなかったら、もしかするとあたしはもっとヤバい男についていって、へたをしたら二度と後戻りできないくらい酷《ひど》い目に遭わされていたかもしれないのだ。

「なあ、何食うよ」

タクヤの頭の中には基本、性欲と食欲のことしかない。

「何か作ってあげようか？」

あたしは言ってみた。

「何を。どこで」

「ここで。コンロ一個でも、前みたいにチャーハンくらいなら作れるよ？」

「やだよ、お前の作るチャーハンしょっぺえんだもん」

悲しいことを言う。

「じゃあ、インスタントラーメンは？　買い置きないの？」

「そういうんじゃなくてさあ、こう、ガツンとしたもん食いたくね？　焼肉とか……っったって、金ねえしなあ。マリっぺ、お前今いくらあんの」

「全然ない」

なんだよなあブス、とタクヤはぶつぶつ言った。ブス、というのも彼の口癖みたいなものだけど、そう言われるとむしろあたしは安心する。最初からそうとわかっていてナンパした以上、それが原因で見放されることはないんじゃないかと思えるからだ。

「今週はまだ親父《おやじ》から食費もらってねえのかよ」

「もらったよ」

昨日の朝、キッチンのテーブルの上に置いてあった。

「けど、そのお金でおかずの材料買っちゃったもの。お肉とか、野菜とか」

「アタマ弱《よえ》ぇなあ、お前。毎日毎日、いくら頑張って家で作ったたって、どうせ親父には食っちゃもらえねえんだろ？　わかってんなら、その金で俺と旨《うま》いもんでも食やぁいいじゃねえか」

理屈で考えればそういうことになるのかもしれない。

「せっかく作った飯を腐らせて捨てるほうがもったいねえだろう。金を捨ててるみたいなもんじゃん」

そのとおりだ。

でも、今さらやめるわけにはいかないのだった。どうせ食べないとわかっていても、父さんのぶんまでごはんを作って用意しておくということが、いつのまにかあたしからの意思表示になっている。父さんのほうでも、それをわかっているんじゃないかという気がする。作るのをやめて、もしもそのあとで父さんが本当に死んでしまったりしたら、あたしは一生、自分を許せないだろう。

黙っていると、タクヤはやがてあきれたような溜《た》め息をついた。

「しょうがねえ。そのへんでチョータツしてくっか」

立ちあがると、トランクスを穿《は》き、ジーンズに脚をつっこみ、裏返しに脱いであったトレーナーをひっくり返して頭からかぶる。その間、自分の枕をぐしゃぐしゃ踏んづけている。

あたしはこっそりそのくるぶしを眺めた。男の人の体の中であたしが好きなのは、くるぶしと、鎖骨と、喉仏だ。骨ばっていればいるほどいい。

「すぐ戻ってくっから、服着てろよ」

踵《かかと》のつぶれた靴をつっかけのように履いて出ていく。木目模様の薄いドアが閉まるとすぐに、外の鉄階段をごんごんごんと下りていく音がした。

いつだったか、いちばん最初にタクヤの口から「そのへんでチョータツ」と聞いた時は、てっきりスーパーで食材でも見繕ってくるのかと思っていたので、戻ってきた彼がポケットから一万円札をつかんで出し、ニッと笑ってみせた時は思いきり引いた。彼の言う「チョータツ」とはつまり、知り合いの誰かからお金を巻き上げるという意味だったのだ。

でも、そのお金で食べに行ったお店のハンバーグステーキを黙って口に入れた時点であたしも同罪だった。

たとえ仲間内であっても、力のない者が、ある者から多少のものを奪われるのはしょうがないことなのかもしれない。それを差しだすかわりに、仲間以外から何か被害をこうむった時は守ってもらえるのだから。正直言っていまだに慣れないけど、それがタクヤの住む世界独特の作法みたいなものだと割り切ることにしている。積極的に更生させたいと思えるほど、タクヤはあたしに近くない。

窓の外遠く、線路の鳴る音が聞こえてくる。このアパートは、西武池袋線の東長崎《ひがしながさき》駅からちょっと離れたところにある。頑張れば池袋まで歩いていけるのが決め手だったそうだ。

布団の上にゆっくりと起きあがり、伸びをした。部屋の主がいない時のほうが、あたしはリラックスできる。

まだ午後も早い時間で、窓から射しこむ光の束に目をこらすと、細かい埃《ほこり》が輝きながら舞っているのが見えた。いつのまにか、ストーブをつけなくても寒くなくなった。

さらさらと乾いた春の光の中、裸の胸やおなかをどこか他人事《ひとごと》みたいな気分で見おろす。さんざん文句を言われて懲りたのか、タクヤはこのごろ面白半分に跡を残すことをしなくなった。自分のこの体はいまだに全然まったく好きになれないし、セックスの何がそんなにいいんだかもよくわからないけれど、タクヤがあたしの上で余裕をなくしていく様子を見るのはちょっとだけ好きだ。最中に薄目を開けて観察していると、怖い顔で、見てんじゃねえ、と怒られるけど。

毛布の中から下着を探しあてて身につけた。この部屋にはお風呂がないから、タクヤはバイト先の自動車整備工場で仕事終わりにシャワーを浴びさせてもらっている。せめてシャワー付きの部屋に引っ越したいなんて口では言うくせに、定職に就いてお金をもっと稼ぐ気は、今のところなさそうだ。この先もないままかもしれない。

服を着て、流しの前に歯ブラシやひげそりと一緒に置いてある小さい鏡を覗きながら、もつれた髪を指でとかしつけた。鏡の中の自分は直視しない。

〈エロい顔〉

抱き合っている最中、タクヤはあたしを恥ずかしがらせて盛りあげようと思うのか、そういう類のことをわざと言う時がある。

〈いやらしいなあ、マリは。何だよ、このエッチな体はよ〉

しらけさせたくはないから適当に合わせておくけれど、本当はそういうことを言われると、盛りあがって熱くなるどころか、おばあちゃんに言われ続けたことを思いだしていっぺんに胸の奥が冷える。この顔と体をあたしは本気で嫌いで、でもタクヤはこれに執着していて、もしあたしがタクヤのことをほんとに好きだったら彼の好きな自分の顔や体を愛《いと》しく思うこともできたのかもしれないけど、そうじゃないから三段論法がうまく機能しない。

十五分くらいするとタクヤは戻ってきた。まるで庭先から花でも摘んできたみたいな気軽さで、あたしに向かって千円札を四、五枚ひらひらさせてみせる。

「コウジのやつ、シケてやがってさ。むかついて一発ぶん殴ってやった」

「いいじゃん、それだけあれば充分だよ」

答えて靴を履きながら、ひどい話だと思った。コウジという人は今晩、食事抜きかもしれない。それか、自分よりももっと弱い誰かから「チョータツ」するか。人間、ひとつ楽を覚えると味をしめて、さらに楽なほうへ楽なほうへと堕《お》ちていってしまう。本来なら考えなくちゃいけない面倒くさいことをみんな棚上げにしてずるずると堕ちていくのは、怖いと同時にスリリングで、どこか投げやりな気持ちよさがあった。

お金——タクヤにとってもあたしにとっても、それは切実な問題だ。

父さんは週に一度食費を置いていってくれるし、学校行事でお金が必要な時も、プリントやなんかをあたしがテーブルに出しておけば朝には用意してある。でも、お小遣いまではもらえなかった。親戚はいないも同然だから、お年玉もない。あたしの歳ではバイトに雇ってくれるところもない。自分で何か欲しいものがある時は、食費を少しずつ切り詰めて浮かし、貯《た》めたお金で買うしかなかった。

べつに、父さんがケチってわけじゃない。年頃の娘には食費以外にもそれなりのお金が必要だということまで考えが及んでいないだけなのだと思う。もしかするとこちらから要求したらふつうに聞き入れてもらえるのかもしれないと思いながらも、あたしはまだ一度も試してみたことがない。だって、置き手紙に「お小遣いが足りません」と書いて、翌朝になってもテーブルの上に何もなかったら？　あの人を試すことができるほど、あたしは自分の価値を信じていない。

「もし、自由に遣える金があったとしてさ」

駅へ向かって歩きながらタクヤが言った。

「マリ、いま欲しいもんある？」

口をきくたびに、くわえ煙草が上下する。

「うーん……」

霞《かすみ》に煙ったみたいな空を見あげて、あたしは考えた。

思い浮かばない。望んで叶《かな》えられたことがないせいか、急に訊《き》かれても、何かを欲しいという気持ち自体がひどく遠い。

「なあってばよ」

「そうだなあ。べつにないかなあ」

「なんだよ、つまんねえやつだな」

「タクヤは？」

「俺？　俺は山ほどあるよ。まず、新しい携帯だろ？　バイクだろ？　車だろ？」

「免許もないのに？」

「だから免許だろ？　あと、風呂付きの広い部屋だろ？」

「強欲なやつ」

「ゴーヨクって何」

「とんでもなく欲が深いってこと」

「いいじゃんかよ、想像するくらい」

「そんなにたくさん欲しいものがあるんじゃ、そのへんでチョータツするくらいじゃ間に合わないね」

「そう、それだよ」

タクヤは吸い殻を道端に放り投げると、あたしのほうへ体を寄せてきて急に小声になった。

「そこなんだよ、マリちゃん。俺らやっぱ気が合うね」

「え?」

「さっき俺、腹立ってコウジぶん殴りながらマジで考えたことがあってさ。お前、協力してくんね?」

「意味わかんない。どういうこと?」

「つまりさ、もうちょっと割のいいチョータツってかさ。お前、頭いいし、協力してくれたら絶対うまくいくんだけどな」

「何それ、まさか」

「いやいやいや、そんなさ、あれよ。ヤバいこととかじゃねえから」

「うそだ」

「ほんとほんと。それにほら、今なら何やったって少年Aで済むしさ、ほんとそんなたいしたことじゃねえから。えびばでノープロブレムよ」

変な英語でごまかそうとするタクヤを問い詰めるより先に、焼肉店に着いてしまった。排気口から肉汁の匂いが漂ってきて、タクヤのおなかがぐう、と鳴る。

「ま、こんなとこで話すのもあれだしさ」

落とし穴を掘る子どもみたいな顔をして、タクヤは言った。猫背をますます丸め、あたしの肩に腕をまわしてくる。

「続きはまた今度な。二人っきりの時にゆっくり相談しようや」

眉尻の下がった愉《たの》しげな表情が、あたしにはなんだか恐ろしかった。

†

お隣の電話がえんえんと鳴り続ける音で目が覚めた。

日曜日の昼間。隣の家は留守らしい。

うちも静かとはいえ、電話の音がこんなによく聞こえるってことは、逆もあり得るということだ。あたしがこの間の晩、トイレを我慢できずに父さんを呼び続けた時の声も、やっぱりお隣に聞こえてしまっていたかもしれない。何だと思われただろう。子どもを虐待してるなんて誤解されたら困る。これからは、父さんが帰ってくる時間を早めに見積もって、ちゃんと準備して待たなくては。

部屋を出ると、思ったとおり、家の中は空っぽだった。休日でも、父さんは必ずいつもの時間に起きてどこかへ出かけていき、夜になるまで帰らない。

どこへ行っているのか確かめたことはない。会社かもしれないし、別のところかもしれないけど、日中この家で二人きりになるのは、あの人には荷が重いんだろう。あたしも同じだから、家を空けてくれるのは正直ありがたかった。

外で何か食べることにして、服に着替えた。Tシャツの上にチェックのネルシャツを羽織り、下はデニム、裸足《はだし》にスニーカー。つまり適当。クラスの子たちは休みの日に出かけるとなると競ってメイクなんかしていたけれど、あたしは未《いま》だかつてリップクリーム一本持ったことがない。メイクというのは人からちょっとでも可愛く見られたいからすることで、あたしの醜さは何をどこに塗ったたって変わるわけがないし、そもそも鏡の中の自分を直視できない時点で細かいお絵描きは無理だ。

髪だけとかし、小さいかばんを斜めがけにして外へ出た。鍵を閉める寸前で思いだし、キッチンの棚からかつお節の袋をひとつ取ってかばんに入れた。

このところお天気が良くなかったり、そうかと思えばあたしが疲れていたりで、公園を歩くのはけっこう久しぶりだ。桜は、もうほとんどが散っていた。かわりに八重のが咲き始めているけど、あたしはあんまり好きじゃない。重なり合った花びらや、紫がかった葉っぱまで花と一緒に出てくる感じが、もっさりと厚かましく見えるのがいやだ。横に枝を張った古い樹になればなるほど、なんとなくおばあちゃんの後ろ姿を思いだす。

猫はどうしているだろう。あたし以外にも餌をやる人はいるみたいだし、もう暖かいから自分で野ネズミや小鳥を獲《と》ることだってできるだろうとわかっているのに、何日か顔を見ないだけでこんなに気にかかる。あの子があたしを頼りにするよりもずっと、あたしのほうがあの子に慰められてるってことなんだろう。

足を速め、車止めの柵をよけながら公園に入る。いつものベンチのところで呼んでみたのだけど、いつまで待っても現れる様子がない。

縄張りの偵察にでも出かけているんだろうか。前に図書館で猫について調べたら、外で暮らしている猫は半径五百メートルくらいの範囲を自由に歩きまわるのだそうだ。

今日は待ちぼうけかな、とがっかりしかけた時だ。

いきなり、赤ん坊の泣きわめく声がした。ぎょっとなって見回すと、その恐ろしい声は、池側の公園へと渡る道路ぎわ、小学三、四年生くらいの男の子が数人固まっているあたりから聞こえてくるのだった。

またねじれた声が響く。おわあああ、ぎあああああ、まるで悪魔の赤ん坊だ。

おかしい、と気づいた時には走りだしていた。木の根っこにつまずきそうになりながら、四人いる男の子たちに駆け寄って覗きこむと、一人がしゃがんでオレンジ色の毛のかたまりがびくんびくん暴れるのを押さえつけていた。あの猫だ。泥まみれだけど間違いない。

「やめなさいよ！」

押さえている子を突き飛ばし、猫に手を伸ばす。よっぽど酷い目に遭っていたのだろう、猫は地面にだらりと横たわったまま激しく震えている。吐いたものと傷からの血で胸のあたりの毛がかたまり、後ろ肢はへんな角度に伸びて動かなかった。骨が折れているのかもしれない。ひどい。

「何てことすんのよ、あんたたち！」震えているのをさとられまいとしながら、あたしは言った。「こんなことしていいと思ってんの？」

悪いことをしている現場を見つかったんだから慌てるか逃げるかすると思ったのに、そして実際、三人までは腰が引けているのに、一人、あたしが突き飛ばした男の子だけが、立ちあがるとものすごい目でこっちを睨《にら》みつけてきた。小学生とも思えない、タクヤがキレた時と同じ目だった。

「うるさいな。引っこんでろよブス」

あたしに唾を吐きかける。こちらがかがみ、向こうが立っているせいで、見おろされる形になる。片手に尖《とが》った太い枝を握りしめながら、男の子は言った。

「どけよ、そこ。まだ終わってないんだから」

背筋がぞわっとした。終わってないって、何？

てのひらの下の猫の体が小刻みに痙攣《けいれん》している。早くお医者に連れていかないと死んでしまうかもしれない。

「そいつが悪いんだからな。捕まえようとしただけなのに、オレのこと引っ掻《か》きやがって。そういうふざけたやつには、お仕置きして思い知らせてやんないとな」

借りてきたようなセリフに、ひどい違和感があった。

「頭の悪いやつは、体に教えてやんなきゃわかんないんだ。このオレに向かってそんな真似《まね》したら、どういう目に遭うか」

子どものセリフとは思えない。何だろう、ものすごく気持ち悪い。

再び猫に手を伸ばそうとしてくるのを思いっきりふり払い、あたしは汚れた毛のかたまりを抱いて立ちあがった。こっちの目線が上からになったことで、初めて男の子が怯《ひる》んだ様子を見せる。

「警察行こうか？」

あたしは懸命に声を張って言い放った。

「この子はね、うちの飼い猫なの。こんなひどい怪我《けが》させて、死んだらどうしてくれんの？　このままじゃ済まさないからね。あんたたちの顔は全員覚えたから。学校に言って、親も呼び出して、今度はあんたたちを死ぬほど後悔させてやる」

「ふざけんな！」

男の子が怒鳴った。

「ふざけんな、くそばあ、ふざけんな！　そんなことさせないからな！」

わめきながら、握りしめた枝をあたしに向かって思いきりふりあげようとしたその時、

「こら、何してんだ」

低く太い声が響いた。びくっとふり返った子どもたちが、見るなり逃げ腰になる。

あたしも思わず息を呑《の》んだ。ただ立っているだけなのに、その人の姿は、タクヤが凄《すご》んだ時なんかとはぜんぜん質の違う静かな気魄《きはく》に満ちていたのだ。

見たことがある、と反射的に思ったのは、顔じゃなくて、着ている服だった。色とりどりの絵の具がはねたネイビーブルーのパーカと、同じように派手なことになっているワークパンツ。――桜の下の死体だ。

彼は、大きな歩幅であっという間にあたしたちのほうへやってくると、子どもたちを一人ひとり順ぐりに見据え、それからあたしに目を移した。

「きみ、大丈夫？」

あたしは頷《うなず》きかけ、慌てて首を横にふった。

「猫が……」

するとその人は、さらに二歩であたしの真横に来ると、覗きこむようにして腕の中の猫の呼吸を窺った。そばに来ると、思った以上に背が高いことがわかった。

指先で毛を分け、傷の具合を見る。まっすぐな濃い眉が寄せられるのを、あたしは目の端で見ていた。

「誰が、ここまでやった？」

男の子たちは答えない。

「うん？　誰が先頭きってやったんだ？」

言いながら、体ごと彼らに向き直る。少し遠巻きに立っていた三人がほとんど同時に、棒を持っている男の子を指差した。

「お、お前ら、何いって……」その子が地面を踏み鳴らす。「お前らだって一緒にやったじゃねえかよ！　なんでオレだけのせいにすんだよ！」

またしても、ふざけんな、ふざけんなとわめき立てる男の子に、

「黙れ」

その人は言った。

「うるせえ！　何だよお前、関係ないだろ、引っこんでろよ！」

「いいから黙れ」

怒鳴ったわけじゃない。相変わらず低い声で静かにそう言っただけなのに、男の子はまるで、息を吹きかけられたロウソクみたいにおとなしくなってしまった。よく見ると、棒を持つ手が小刻みに震えている。両膝もだ。

その人は、何か考えているようにしばらく男の子を眺めていたかと思うと、すっと間合いを詰め、頭の真上から見おろした。男の子は首をすくめたまま動けずにいる。その目の前にしゃがむ。目線の高さがちょうど同じくらいになる。

「手に持ってるやつ、放しな」

男の子が慌てたように、かえってぎゅっと枝を握り直す。

「心配すんな。約束する。俺は、お前を殴ったりしない。だから、放しな」

さっきまでとは打って変わったおどおどした上目遣いで、ちらりと彼を窺った男の子が、すぐにまた目を伏せる。

「ほら。でないとまともに話もできないだろ?」

(話?)

あたしの腕の中で、猫が苦しげに身じろぎする。

(そんな凶暴な子に話なんか通じるわけないじゃない)

「な? 怖がらなくていいから、放せって」

そんなことよりさっさとそいつらを追い払ってほしい、この子の手当てをしてやらなくちゃいけないのに、と焦《じ》れたその時――。

ぽとん、と音がした。男の子の手から枝が落ちたのだ。

その人が手を伸ばす。反射的に首をすくめた子どもの頭を、大きなてのひらでくしゃりとかき混ぜると、おでこが露《あら》わになった。何、その痣《あざ》、と息を呑むより早く、男の子が彼の手を乱暴にふり払う。

「な、なんだよ、うるせえよ」

「何も言ってないぞ」

「オレはぜんぜん怖がってなんか、」

「嘘つくな」きっぱりと遮る。「お前だけじゃない。見ろよ、お前の仲間だって、みんなションベンもらしそうだ」

子どもたちがそれぞれ、ひどく腰の引けた様子で視線を泳がせる。

その人は、もう一度ゆっくりと手を伸ばし、男の子の目を見つめたまま腕をとった。今度はふり払われなかった。シャツの袖をまくり上げる。あまり日に灼《や》けていない腕に、新しいのから古いの、紫色のや緑色の、いくつもの内出血の跡がある。それだけなら昔の自分の腕で見慣れていたけれど、ところどころには赤黒く引き攣《つ》れて固まったヤケドみたいな跡まであって、あたしはたまらずに目をそらした。

胸の奥、古い記憶がこじあけられて吐き気がしてくる。いやだ。あの子は、あたしだ。弱っている猫に顔を寄せる。自分よりずっと温かな体に、なぜか急《せ》き立てられるように不安になる。

めくりあげた袖を元どおり下ろしてやりながら、彼は言った。

「お前……父ちゃんのこと好きか？」

「父ちゃんなんかいねえもん」

「じゃあそれ、母ちゃんか」

「ちがう！」

「じゃ誰だ」

「………」

男の子が唇を結んでそっぽを向く。

「誰にやられた」

「………」

「なら、別のこと訊くぞ。お前は、自分にそんな辛《つら》い思いをさせるやつとそっくりの卑《ひ》怯者《きようもの》になりたいか」

「………」

「あんな小《ち》っこい生きものに、お前とおんなじ痛くておっかない思いをさせて、それでほんとに楽しいか。うん？　いじめてる間、ほんとはお前のほうが痛くてたまんないんじゃないのか」

答えようとせず、強情に口を結んだままの子どもの横顔を見つめていた彼が、やがて、長い息を吐いた。両膝に手をついて体を起こす。立ちあがったところを見ると、改めて、大きな人だった。

「もういい。行けよ」

男の子がまた、上目遣いに彼を見る。

「ただし、お前らがもし、また同じようなことしてるところを見つけたら、その時はただじゃすまさないからな。それだけは覚えとけよ」

後ろの三人が気まずい目配せを交わしあい、その場を取り繕うような薄笑いを浮かべてぞろぞろと歩き始める。残った一人も、迷うような様子は見せたもののきびすを返し、あとをついていこうとした、その背中へ、

「おい」

彼は声をかけた。

あの男の子がいちばんに立ち止まり、首だけふり返る。

「俺は、わりとしょっちゅう、向こうの池の周りで絵を描いてるんだ」

「…………」

「とくに日曜ならたいていいる」

「……だから何だよ」

ぶっきらぼうなかすれ声で訊き返す男の子に、

「いや、べつに」

答えると、彼はさっさと彼らに背中を向け、再びあたしのそばにやってきた。猫の顎の下に手を添えて覗きこみ、何度か頷く。

「よしよし。目の光はしっかりしてるな」

そしてあたしの顔を見て、にこっとした。今の今までとは打って変わった、人懐こい笑顔だった。

「痛そうだけど、たぶんそんなには心配しなくて大丈夫だよ。どうする？　きみんちの猫なんだろ？」

「え？」

「さっきそう言ってたろ」

大声で啖呵《たんか》を切ったのが聞こえていたらしい。あたしは、遠ざかる男の子たちのほうを窺い、小声で言った。

「嘘なの」

「嘘？」

「ほんとはこの子、いつもこのへんにいる野良なの。うちはペットが駄目だから、時々パンとか持ってきて食べさせたりしてるけど」

とたんに、ハッとなった。

「あたしのせいかな」

「ん？」

「あたしがそんなことして人に馴《な》れさせちゃったから、油断してあんな子たちに……」

言いながらへんに声が震えてしまい、慌てて黙りこんだ。身内にだって見せない弱みを、よく知らない相手に見せていいわけがない。

今頃になってどっと気がゆるんだせいもあったかもしれない。いくら小学生とはいえ相手は男の子だし、四人もいたし、おまけにあの子の目は本当に暗くて、とんでもなく荒《すさ》んでいたのだ。枝をふりかざされた瞬間、これまで感じたことのない種類の恐怖に身がすくんだほどだった。

あたしが落ち着きを取り戻すのを待って、その人は言った。

「きみは、どうしたいの？」

「……え？」

思わず、彼を見あげてしまった。

なんてシンプルな問いだろう。生まれてこのかた、あたしに向かってそんなにまっすぐに〈どうしたいのか〉を訊いてきたのは、この人が初めてなんじゃないかという気がした。びっくり、した。

ためらっていると、彼はふっと笑い、

「一応、言うだけ言ってみたら？」

猫の頭を人さし指の先で撫でた。

「俺にできることなら協力するし、難しくても、一緒に考えることくらいはできるし」

そんな――いいんだろうか。いま知り合ったばかりの人に、そんなこと本当に言ってみても。もうずっと、あたしに深く関わるべき立場の人からさえ、気持ちなんか無視され続けてきたものだから、自分の考えを口にすることが怖い。

重みで腕がだるくなってきたので抱きかかえ直そうとしたら、猫が動こうとして苦しそうにおなかを引き攣らせた。

思いきって声に出した。

「お医者さんに連れていきたい」

「わかった」

と、彼はあっさり言った。

「で……でも、お金ないし」

「そっか。まあ、それは何とかなるでしょ」

ちょっと待ってて、とワークパンツの後ろポケットから携帯を取りだす。慣れた手つきでどこかへ電話をかけた彼は、出た相手に向かっていきなり言った。

「ごめん、俺。今日これから、時間ある？」

†

野鳥誘致林の森と、池側の公園とを隔てる道沿いの、擬木《ぎぼく》の柵に腰をおろして迎えを待った。

チェックのネルシャツで猫をくるむようにして膝にのせていると、なんだか母親みたいな気持ちが込みあげてきた。この場合の母親というのはもちろん、子どもを捨てていったりしない母親という意味だけど。

待っている間に彼は一旦あたしと猫をそこに残して、自分のキャンバスとイーゼルと絵の具箱を取りに行った。さっきまで、池のほうへと下りた階段のすぐ下あたりで絵を描いていて、そこへあの異様な悲鳴が聞こえたものだから様子を見に来たのだという。

「俺も最初は猫だなんて思わなかったよ。完全に人間の赤ん坊の声に聞こえたよね」

またすぐに道具を手に戻ってきたその人を、あたしはようやく正面から観察することができた。さっきはそんな余裕などなかったし、これまでは絵を描いている背中か、あるいは寝転がってるところしか見たことがなかったので、改めて眺めると、初めて会う人以上に新鮮な感じがした。

背の高さとちょうど釣り合うくらいに肩幅が広くて、パーカからにゅっと出た首は大木の幹みたいに太い。無精ひげを生やした顔は地味めで、すごく整っているとは言いがたいけど、そんなに悪くもなかった。〈味がある〉と〈雰囲気がある〉を足したみたいな感じ。

顔も腕も、まだ春だというのにいい色に灼けている。〈死体〉にしては健康的すぎるくらいだ。何かアウトドア系のスポーツでもやっているのか、それとも外で絵を描いているだけでそうなるものなんだろうか。彼が木の根元に置いたキャンバスを盗み見ると、例によって今回もまた風景画のようだった。

　絵の具を拭くか何かするために持ってきていた古いタオルを、彼は近くの水飲み場で濡らしてきて、猫の血や汚れをそっと拭き取ってくれた。そうしてみると、目に見える裂傷そのものはそんなに深くはなさそうだったけど、もし蹴られたり殴られたりしていたら内臓が傷ついてることだってあり得る。後ろ肢の骨もだ。

「大丈夫、レントゲンを撮ってもらえば全部わかるよ」

　さっきの電話の後で、彼は知り合いの動物病院にも連絡を取って休日診療を申し込んでくれていた。

「前にうちで犬を飼ってた頃、よく診《み》てもらってた獣医さんでさ。お爺《じい》ちゃん先生なんだけど腕は確かだから」

　あたしの腕の中で、猫はじっと彼のするがままになっていた。抵抗する気力がないというのもあるだろうけど、どこか安心してゆだねてくれている感じがして嬉《うれ》しかった。

「家はこの近く？」

　と訊かれ、あたしは頷いた。

「そっか。俺は、イッポンヤリアユタ」

　それが何かの呪文ではなく名前だとわかるまでに、少し間があいた。おまけにあたしは、下の名前を聞き間違えてしまった。

「那由他《なゆた》？……なんか、すごい名前」

するとと彼はまじまじとこちらを見おろして、なんだか面白そうに笑った。

「いや、歩くに太いって書いて歩太《あゆた》、なんだけどね。きみ、ずいぶん難しいこと知ってるなあ」

あたしは黙って肩をすくめた。むしろ彼がその言葉を知っていたことのほうが驚きだった。どうやら絵にしか興味がない人ってわけでもないらしい。

「きみは？」

「アモウ、マリ。天の羽に、森茉莉の茉莉」

「へえ。綺麗な名前だね。っていうか、きみ、本読むの好き？」

その時、細い道路の向こうから薄水色のプリウスが近づいてくるのが見えた。滑るように目の前に停《と》まる。降りてきたのは、それこそとても綺麗な女の人だった。

ストライプのシャツに細身のデニム、品のいいフラットシューズ。長い髪をきゅっと後ろで結んだその人は、あたしに向かって全然構えることなく「こんにちは」と笑いかけると、

「この子ね、いじめられてたって子は」

膝の上の猫を気遣わしげに覗きこんだ。

「ああ、ああ、可哀想《かわいそう》に、まだ小さいじゃない。さ、乗って。後ろにバスタオルがある

から、よかったら使ってね」

あたしは、ちょっと緊張しながら後部座席に乗りこんだ。芳香剤とは違う、ふんわりといい匂いがする。置いてあったバスタオルは申し訳なくて使えなかった。

一本槍と名乗った彼が助手席に乗り、道順を説明する。それに応える女の人の運転はきびきびとして潔かった。一本槍さんはその人のことを「ナツキ」と呼び捨てにしていた。名前が男性的だと運転もそうなるんだろうか。

ナツキさんの住んでいるマンションは、石神井公園に二つある池のもう片方、三宝寺《さんぽうじ》池を見おろす高台にあるとのことだった。どうりですぐ迎えに来られたわけだ。

「呼び出して悪かったな、休みの日に」

「ううん、家にいる時でよかった。ちょうど車もあったし。危ないところを茉莉ちゃんに助けてもらえたことといい、きっとその猫、運の強い子なんだね」

後半はバックミラー越しにあたしと目を合わせて言い、ナツキさんは微笑《ほほえ》んだ。

動物病院は、富士《ふじ》街道を大泉学園《おおいずみがくえん》方面へ右折してわりとすぐのところにあった。休日なのに先客の小型犬が一匹いて、待合室で三十分近く待たなくてはならなかったけれど、猫はその間にかえって少し気力を取り戻したようで、一本槍さんが紙コップに水を汲《く》んで鼻先に差しだすと、ほんのちょっとだけれど自分で飲む様子を見せた。

ようやく番が回ってきた時には、時計は午後の二時を大きく回っていた。

「おお、お前さん、ずいぶん久しぶりだなあ。もう何年だ？」

「フクスケが逝ったのがちょうど十年前ですからね。それ以上です」

「お互い、老けるはずだわな」

髪もひげも白い先生は、しきりに猫に話しかけながらレントゲンを撮り、傷の具合を診て、消毒や手当てをしてくれた。首筋の裂傷は局所麻酔で何針か縫わなくてはならなかったけど、幸い内臓には異状がなさそうで、後ろ肢も骨折ではなく腱《けん》を痛めているだけだった。さっきまで吐いたりしてぐったりと元気がなかったのは、何より恐怖によるショックが大きかったせいらしい。

「言ってみりゃあ、腰が抜けたんだな」

と、お爺ちゃん先生は言った。

「なに、安静にしてりゃ明日か明後日《あさって》にはだいぶ元気になるだろ。ただ、肢はちょっと長くかかるかもしれんなあ」

入院までは必要なかったし、先生は頑張って安くしてくれたみたいだけれど、それでも治療費は薬代も入れると一万円近くかかった。人間がお医者にかかるのよりはるかに高くてびっくりしていたら、ナッキさんが苦笑いして、動物には保険がきかないからねえと言った。

払ってくれたのは一本槍さんだった。

「……ごめんなさい」

さすがに申し訳なくて、車に乗りこむなり頭を下げると、

「なんで？　飼い猫ってわけじゃないんだから、きみが気にすることないよ」

彼はこともなげに言った。助手席から、あたしと猫をふり返る。薄日が射すみたいな、穏やかなまなざしだった。

「もし俺が先に見つけてあいつらを止めてたとしても、結局はこうやって医者に診せに来ただろうし。ま、俺がこれから半月ばかり昼メシ抜けば済むことだから」

「やめなさいよ、あなたが真顔で言うと冗談に聞こえない」

ナツキさんに怒られて首をすくめる。

「うそうそ。これでも一応働いてるからね。たぶん一週間くらいで大丈夫」

「歩太《あゆた》くん？」

「痛《い》てっ」

助手席の彼の頭をぽかりとやったナツキさんが、さて、とバックミラーの中のあたしを見つめる。

「このあとはどうすればいいのかな？　さっきの公園まで戻ればいい？」

あたしは、黙っていた。答えられなかった。ここは「はい」と言うべきところのはずなのに言えなかった。だって、こんな状態で放したら猫は……。

「茉莉ちゃんちは、ペットは駄目なんだったよね」

一本槍さんが確かめるように言う。

あたしは、目を上げた。祈る思いで頷くと、彼は隣に向かって言った。

「じゃあ、悪いけどナツキ、うちまで送ってって」

「あら。もしかして」

「飼うとは言ってないよ」

「いいじゃない、飼ってあげれば。どうせ寂しい毎日なんだし」

ひでえな、と彼は苦笑した。

「まあ、とりあえず肢が治るまでな。今そいつを公園に戻すわけにはいかないだろ。また誰かにいじめられても、その肢じゃ逃げられない」

確かにね、とナツキさんがきびきびとギアを入れる。

「茉莉ちゃんはどうする？　まだ時間ある？」

言いながら一本槍さんは再びこっちをふり向いた。とたんに、びっくりした顔になった。

「どうしたの」

あたしは首を横にふった。

どうしたんだか、あたしにもわからなかった。目の奥が煮えるみたいに熱くなったとたんに水っぽいものが溢《あふ》れて、こぼれて、頰を伝わる端から冷たくなって顎の先に溜まっていく。ものすごく久しぶりの感触に、あたし自身がいちばんびっくりしていた。

「いつでも会いに来ればいいから」

何か誤解したらしく、彼は言った。

「違うの」あたしは言った。「ただ……ほっとしちゃっただけ」

一本槍さんは、しばらくのあいだ困ったような酸っぱいような顔であたしを、というより膝の上の猫を見ていた。ナツキさんは、目だけで微笑んだまま運転に専念している。

あたしがようやく涙を押しこめることに成功して、Tシャツの袖で頰っぺたや鼻の下を拭《ぬぐ》うと、一本槍さんはあらためて言った。

「で、茉莉ちゃんは、もうちょっと時間大丈夫？」

あたしは頷いた。どうせ予定なんて何もない。今日はタクヤにも行くとも何とも言ってないし、父さんの帰りは夜になるだろう。

「じゃあ、うちに寄って、猫が落ち着くまでいてやってくれるかな」と、一本槍さんは言った。「で、ついでに何か食ってけばいいよ」

「……え？」

彼は、くすっと笑った。

「きみ、さっきからぎゅんぎゅん腹が鳴ってる」

言われて初めて気がついた。そういえばあたしは、朝起きてからまだ何も口に入れていないのだった。

†

大きな桜の樹がある家だった。花はもうすっかり散り終わり、かわりにつやつやした青葉が庭に心地よい木陰を作っていた。

駅でいえば大泉学園だと聞かされていたけれど、実際には石神井公園駅よりは大泉のほうにいくらか近いといったあたりで、うちからだったら自転車で十分ちょっとの距離じゃないかと思う。こぢんまりとした二階家と広めの庭は、純和風というほどではないのだけどいかにも昭和っぽいレトロな雰囲気が漂っていて、なんとなくこう、正しいニッポンの家、という感じがした。

「季節のいい時でよかったね。冬のさなかだったらこの家、すきま風がすうすう吹きこんで寒いったらないのよ」

夏姫さん——と書いてナツキと読むそうだ——が、一本槍さんも聞いているところでずけずけとそんなことを言うから、あたしはびっくりした。たぶん恋人同士なんだろうけど、それにしたって遠慮のかけらもない。一本槍さんもそう思ったのだろう、猫を抱

いたあたしと夏姫さんを居間に通しながら、

「これでも、必要なとこにはちゃんと手を入れるようにしてるんだけどね」

苦笑いして言った。

「屋根とか、外壁とか床下とかさ。でもまあ、多少のガタがくるのはしょうがないよ、もう築三十五年にもなるんだし」

「え、まだそんなものだっけ？」

「そんなものだよ。もともとはじいさんの家だったのを、俺が生まれる二年前に親父が一度建て替えてるから」

「あそっか」

計算は合ってるわね、と夏姫さんは言った。

「さてと。着いてすぐで悪いんだけど、茉莉ちゃん」

呼ばれて、あたしは猫から顔を上げた。

「夏姫に訊いて、そこの隅にでも、そいつの寝床を用意してやってくれるかな。俺の部屋に段ボール箱があるし、タオルとか、どれ使ってもいいから」

「はい」

「いいけど、歩太くんは何するの？」

「俺は適当にメシ作っとく」

やった、と夏姫さんが言った。

「『やった』って何だよ、お前も食うのかよ」

「いいじゃない、おなかすいちゃった。私、久しぶりに高菜のチャーハン食べたいな」

「高菜はない。野沢菜でよければあるけど」

「茉莉ちゃん、野沢菜って嫌いじゃない？」

「あ、はい。大丈夫です」

「じゃあそれでいくか」

待ってな、と言って、一本槍さんは奥へ消えた。すぐに水音が聞こえてきた。

料理、できるんだ、と思った。あたしの知っている男の人は、誰も台所に立たない。タクヤも、タクヤの友だちもみんな外食かコンビニだし、父さんだって……。

そうだ、父さん。

あたしは慌ててポケットから携帯を取りだし、時間を見た。午後四時前。まだ大丈夫だ。ここを六時頃までに出られれば、父さんが帰ってくるまでに家に着いて、食事の支度をしておける。

ほっとして猫を抱きかかえ直した。消耗しきった猫は、あたしのネルシャツにくるまれてうつらうつらしている。

夏姫さんにうながされ、おとなしくしている猫を抱いたまま隣の部屋へ行った。男の人の部屋だと思うとちょっと気が引けて、敷居はまたがずに廊下から覗きこむ。

あたしの部屋よりだいぶ広い。畳敷きの部分だけで八畳くらいあるだろうか。その奥には、庭に面したガラス戸との間に廊下みたいな板張りのスペースがあり、どうやら居間のほうとつながっているみたいだった。〈俺の部屋〉と言ってたけど、ベッドや何かは置かれていない。絵を描くためだけの部屋らしい。

畳の上には古びたシーツがひろげられていて、その上に据えられたイーゼルには描きかけの風景画。すぐそばの台の上にはたくさんの絵筆が立てられ、本棚には美術関係の本がぎっしりと並び、壁際に寄せた机の上にもスケッチブックが積みあげられていた。それから、灰皿に山盛りの吸い殻と、箱買いのハイライトも。

これだけ物があったらふつうはもっと雑然と散らかって見えそうなものなのに、部屋の中はまるで全体が一枚の静物画みたいにすっきりとしていて、でも少し沈んで見えた。澱《よど》んでいるというほどじゃない。ただ、空気の色が少し重たい感じ。

「どうしたの。入っておいでよ」

と夏姫さんが言う。

「……お邪魔します」

あたしはそろりと敷居をまたいだ。奥へ行くにつれて独特のねばっこい匂いがした。顔をしかめて鼻をひくつかせているあたしに、

「油絵の具の匂いよ」

夏姫さんが言う。

「この匂い、嫌い？」

「いえ、あの……平気です」

するとと夏姫さんは黙って微笑み、木枠のガラス戸をがらがらと開け放って風を通してくれた。匂いと一緒に、部屋に立ちこめていた重たげなものが薄まっていく。

すぐ前には庭に下りられる縁側があって、正面があの桜だった。

「この家でいちばん古いのはあの樹なんですって。歩太くんのおじいさんが長野から移ってきた時に植えたんだって言ってた。ふつうのより早く咲く桜だからもうとっくに散っちゃったけど、満開の時はほんとに、涙が出るくらい綺麗なの。来年は、茉莉ちゃんも見にいらっしゃいよ」

「え？」

「歩太くんも言ってたじゃない。いつでも猫に会いに来ればいいって。あの人、心にもないことは言わない人だから、本当にいつ来ても大丈夫よ」

「でも……」

「うん？」

「怪我が治った後も、ここに置いてもらえるかどうか」

「置いてくれるにきまってるって」

　夏姫さんは内緒話のように小声で言った。

「口では保留みたいなこと言うかもしれないけど、きっと一日二日たったら情が移っちゃって手放せなくなるに違いないんだから。面倒見がいいっていうか、寂しがりやっていうかね。いいやつなの、ほんと。ちょっと怪しい人に見えるかもしれないけど、実際はそれほどでもないから安心して」

　相変わらず遠慮のない物言いに、どう答えるべきか迷っていたら、夏姫さんは笑いながら手を伸ばしてきて猫の頭をそっと撫でた。

「ええと、段ボール箱があるって言ってたわよね」

　目で探すと、机のそばに画材店の名前が入った浅めの箱があった。猫が手足を伸ばして横たわるのにちょうどよさそうなサイズだ。

　二人で相談して蓋を内側に折りこみ、そのへんにあったマスキングテープで補強する。箱の底には、夏姫さんがさっさと家の奥へ行って取ってきた古めのバスタオルを敷いた。お風呂場の場所も知ってるんだな、とあたしはひそかに思った。

　ガラス戸を元どおりに閉めてから居間へ戻り、隅っこの板の間に箱を置いて猫を下ろしてやる。ずっと抱きかかえていたせいで、あたしの肘の関節は固まってしまっていた。

　猫は、痛めた左の後ろ肢をかばうようにしながらそろりそろりと具合のいい姿勢を探し、やがて横になった。よほど疲れているせいか、それともあたしたちを信頼してくれているのか、逃げ出すようなそぶりはまったく見せなかった。

おいしそうな匂いのしてきた台所へと夏姫さんが立っていって、紺に白の水玉模様の湯呑《ゆの》みに水を入れて戻ってきた。もう一つ持ってきた小鉢に、さっき帰り道のコンビニで買ってきた猫用の缶詰を半分あけてやると、猫はたちまち激しく鼻をひくつかせた。

「食欲はあるみたいね」

夏姫さんが箱の中に小鉢を入れてやる。そのとたん、猫は上半身を起こして小鉢に顔をつっこみ、がつがつと食べ始めた。

「……よかった」

つぶやいたら、またじわりと涙がにじんでしまった。はぐ、かふ、はぐ、と音をたてて茶色っぽいツナにかぶりついている猫を見ながら目もとを拭うと、夏姫さんがあたしの背中をそっとさすってくれた。同じ女の人からこんなに優しい手つきで触れてもらうのは、ものすごく久しぶりの気がした。久しぶりどころじゃない。どれだけ考えてみても前の時の記憶がないくらいだった。

「できたぞー」

奥から太い声が響く。

「こっちへ運ぶの手伝ってくるね。茉莉ちゃんは、その子についててやって」

一緒に手伝ったほうがいいかなと思ったけれど、勝手に台所まで入っていくのも気がとがめて、あたしはそのまま畳に座りこみ、猫を見守っていた。

小鉢はもうほとんど空だ。あっという間に食べ終わり、内側がぴかぴかになるくらいきれいに舐《な》めている。湯呑みの水を差しだしてやったら少し飲んだ。再び箱の中に横たわると、猫は前肢でくるくると口の周りをこすり始めた。

よかった、助かって……死ななくて、ほんとによかった。

あのとき一本槍さんが声をかけてくれなかったら、今頃どうなっていたかわからない。たとえ男の子たちからは何とか逃げられたとしても、お医者へは連れていってやれなかっただろうし、そうしたら首の血が止まらなくて、もっと弱ってしまっていたかもしれない。

そっと手をさしのべると、猫はまるで自分の前肢と区別がついていないみたいに自然にあたしの指先を舐めた。ざらりとした舌の感触にびっくりして手を引っこめる。柔らかいおろし金みたいだ。

「はーい、お待たせ」

大きなお盆を捧《ささ》げ持った夏姫さんが戻ってきた。その後ろから、残りのお皿を手に、一本槍さんが入ってくる。

居間の真ん中のお膳に並んだのは、野沢菜のチャーハン、鶏肉と春雨《はるさめ》の入った中華風スープ、それにレタスとキュウリと韓国海苔《のり》のサラダだった。ドレッシングはゴマ油のこうばしい匂いがした。

「いただきます」

夏姫さんがさっそくスプーンを手に取る。

「うん、これこれ。これが食べたかったのよ」

きっと、うちのガスコンロより火力が強いんだろう、まるで中華料理店のチャーハンみたいにぱらりとしていておいしそうだ。

「茉莉ちゃんも遠慮しないで、食べて食べて」

「はい。いただきます」

あたしは軽く手を合わせ、スプーンを持った。

でも――ひと口食べて困惑してしまった。味が薄い。塩気が全然足りない。はっきり言っておいしくない。かといって、外のお店で食べる時みたいに、塩やソースを要求するわけにいかないことくらいはわかる。突然押しかけてきたあたしなんかのために、せっかく親切に食事まで作ってくれたんだから、文句を言ったら罰《ばち》が当たる。

「んー、幸せ」

と夏姫さんが満足そうに言った。

「どう、茉莉ちゃん、おいしい？」

「あ、はい。おいしいです」

「でっしょー」

　夏姫さんは、自分が褒められたように嬉しそうな顔をした。

「この人って、顔に似合わず料理上手なのよね。料亭でしか食べられないような手の込んだ和食も作れるし、ビーフシチューが食べたいって言ったら前の晩からコトコト赤ワインで煮こみ始めるし、オーブンでパンやピザまで焼いちゃうし。何やらせても仕事がやたらと丁寧なの。ほら、根が凝《こ》り性《しょう》だから」

「あんまり褒められてるように聞こえないんだけど、俺の気のせいかな」

　一本槍さんがぼそりと言う。

「気のせい、気のせい。だから、今度またあのシチュー作ってね」

「お前、調子よすぎだろ」

　あたしは、ほとんど味のしないチャーハンを口に入れ、やっぱり味のしないスープで流しこんだ。二人とも、よっぽど薄味の家庭で育ったんだろうか。

　食事が終わると、夏姫さんと並んで洗いものをした。手伝いを申し出た時、お客さん扱いしないでふつうに受け容《い》れてくれたのは、気を許してもらえたみたいでちょっと嬉しかった。

　家にふさわしく、台所もやっぱりレトロだった。小さな四角いタイルが並んだ流し台とか、古びて凹《へこ》んだアルミのやかんとか、そういったものに囲まれながら洗いざらしのふきんで器やお箸を拭いていると、まるで学校を休んだ時たまに観るNHKの朝ドラの中に入りこんだみたいな気がした。どれも古くて質素なものばかりなのに、みすぼらしい感じがしないのは、ひとつひとつのものが大切に使われているからなんだろう。すりへった木べらも、光沢の鈍くなった雪平鍋《ゆきひらなべ》も、何もかもが清潔で、使う人から愛されている感じがする。

もしも生まれ変われるなら、と唐突に思った。あたしはこの家に生まれてきたい。べつに人間じゃなくてもいい。お鍋だっていいし、それが高望みなら、あの窓辺のコップに立ててあるスプーンでもいい。自分の役割さえ果たしていればちゃんと存在を認めてもらえて、本当の寿命がくるまでは捨てられる心配のない身分……。

あたしたちの後片付けが終わる頃、一本槍さんも猫のトイレの準備を終えていた。古いたらいに、さっき餌と一緒に買ってきた固まる猫砂を入れただけのものだけど、何日かのことなら充分だろう。

箱の中を、三人でそっと覗きこむ。猫は、あたしたちを見あげて喉を鳴らし、かすれ声で甘えるように鳴くと、またうとうとし始めた。

「汚れちゃったね」

え、と顔を上げると、夏姫さんはあたしのおなかのあたりを指さしていた。チェックのネルシャツの生地に赤黒いしみがついてしまっていた。さっきまで、怪我をした猫をくるんでいたせいだ。

「素敵なシャツなのに。落ちるかしら」

「大丈夫だと思います。つまみ洗いしてから洗濯すれば」

「ねえ、茉莉ちゃんって家のお手伝いとか、ちゃんとするほうでしょう」

意味がわからずにいたら、夏姫さんは続けた。

「さっき一緒に洗いものしてる時も慣れてるなって思ったけど、つまみ洗いだなんて、ふだん洗濯する人でないと使わない言葉だもの」

少し迷ったものの、あたしは言った。

「うち、母親がいないから」

夏姫さんたちは黙っていた。

「父と二人暮らしなんです。だから食事の支度とかも……」

「え、もしかして、それで今日も早く帰らないといけないの？」

頷くと、夏姫さんは慌てて、車で家まで送ると言ってくれた。まだ時間はあるしバスで帰るからと遠慮したのだけれど、

「いいじゃない、通り道みたいなものなんだから。次にここへ来るとき迷わないように、道も覚えなくちゃでしょ」

次に、来るとき。

思わず一本槍さんのほうを見やると、彼は当たり前のように頷いた。

「茉莉ちゃんさえよかったら、いつでもどうぞ。明日でも明後日でも、学校の帰りにまた様子を見に来るといいよ」

「でも、邪魔だったり……」

「全然。俺は勝手に自分のことしてるかもしれないけど、茉莉ちゃんはべつに、俺じゃなくて猫に会いたいだけでしょ？」

「はい。あ」

隣で夏姫さんがふきだす。

「だったら何も問題ない。もし留守でも、庭から適当に入っていいよ。俺の部屋の引き戸だけは開くようにしとくから」

「そんな」

「大丈夫だってば」夏姫さんが言った。「この家、たとえ泥棒が入ったって盗《と》るもの何にもないし」

「お前が言うな」

泥棒より何より、今日会ったばかりのあたしをそんなに信用していいんだろうか。この人たち、揃《そろ》ってどこかのねじがゆるんでるんじゃないかと逆に心配になってしまう。

近くの空き地に停めてあった車に乗りこむと、一本槍さんは運転席の窓から夏姫さんに、コンビニの袋に入った小さい包みを渡した。

「何?」

「おふくろが作ったサワラの西京漬《さいきょうづ》け。ちょうど二切れしかなくて悪いけど。漬かり頃だから今日明日にでも食っちゃって」

「わ、助かる、ありがとう。おばさまはお元気?」

「ああ、相変わらずな。しょっちゅうお前たちのこと話題にしては会いたがってるよ。まあそれは、うちの社長もおんなじだけど」

「近々きっと伺います、って伝えといて」

ひらひらと手を振って、夏姫さんが車を出す。軽く手をあげて応える一本槍さんに、あたしは助手席で頭を下げた。

頷いた彼の口が、「またな」の形に動く。心臓が、ことりと音をたてた。

走り始めると同時に窓がするすると閉まり、外の音が遠くなった。気がつけば、小さな音でジャズっぽいピアノ曲が流れている。来るときもそうだったろうか。さっきは腕の中の猫ばかりが心配で、気づく余裕もなかった。

車だとものの五分ほどだったけれど、本当に家の真ん前まで送ってもらってしまった。公園の木々を透かして夕方の光が斜めに射している。ずいぶん日が長くなったものだ。

お礼を言って降りようとすると、茉莉ちゃん、と呼び止められた。

「あのね。じつは、お願いがあるの」

——いつでも最悪の場合を考える癖が、あたしにはある。

学校でクラスメイトから「天羽さん」と呼びかけられれば、今からいきなり物凄いいじめが始まるんじゃないかと覚悟を決めるし、タクヤが外でお酒を飲めば、このあとアパートに帰ったらとんでもなく乱暴な仕打ちをされるかもしれないと心の中で身構えてしまう。父親の帰りが遅い時だってそうだ。今頃どこかで首を吊ったり線路に飛びこんだりしてるんじゃないかと、不安で不安でたまらなくなる。

だから今、夏姫さんから呼び止められた瞬間にあたしの頭をよぎったのは、

〈悪いけど、やっぱりあの家にはもう二度と近づかないでほしいの〉

そう言われる自分だった。

仕方がない。こんなに醜くて、それなのに体つきばっかりいやらしく育った女子中学生に自分の恋人の周りをうろうろされたら、誰だって気分がいいはずがない。大丈夫。一本槍さんだったらきっと、猫の怪我が治るまでちゃんと面倒見てくれる。元気になったらまたこの公園に放してくれるかもしれないし。

ほんの一、二秒の間に精一杯の覚悟を決めて向き直ったあたしに、夏姫さんは言った。

「悪いんだけどね」

ほら、やっぱり。

「明日にでも、またあの家に行ったら、茉莉ちゃんから歩太くんに頼んでみてくれないかな。『この猫、ここで飼って』って」

「……はい？」

「彼ね、前に飼ってた犬が死んじゃってからあとは、あの家でずっと独りきりなの。もう、ずうっと」

「え、でもあの」

「うん？」

「独りって、夏姫さんは？」

「私が、なに？」

「つまりその、一本槍さんの……」

あたしの言おうとしていることにやっと気づいたらしく、夏姫さんは眉尻を下げて、違う違うと笑った。

「私は、ただの古い友だち。ほんとよ。一緒に暮らしてる人は別にいるし」

「うそ」

「ほんとほんと。ただね、長い付き合いではあるから、歩太くんがずっと独りでいるのをすぐそばで見続けてきたのも事実なの。恋人でも作ってくれればちょっとは安心できるんだけど、これぱっかりは相手あってのことだし。せめてまた犬でも飼えば生活に張りも生まれるでしょって何度か勧めたのに、彼、命あるものと深くつながるのをいまだにどこかで怖がってるっていうか……」

夏姫さんは、どこか遠くに視線を投げて、深い吐息をもらした。

「でも、いつまでもそれじゃいけないと思うのね。私が何を言ってもうるさがられて右から左に聞き流されちゃうだけだったけど、こういう流れで、しかも茉莉ちゃんからのお願いだったら、あの頑固者もひょっこり聞き入れるんじゃないかと思って」

考えてもみなかった話に、あたしは混乱してしまった。夏姫さんの話の細かい部分はみんなこぼれ落ちて、かろうじて残ったのは、一本槍さんがあの家で「ずうっと」独りきりだということだけだった。

「でも」

「なに？」

「そんな厚かましいことなんて……」

「うーん……こちらからお願いしておきながら言うのも何だけど、茉莉ちゃんは、その歳にしたらちょっと人に遠慮しすぎじゃないかな。もっとわがままを言ってもいいと思うよ」

あたしが黙っていると、夏姫さんは慌てたように時計を見て、引き止めちゃってごめんね、と言った。

「今話したこと、もちろん無理にとは言わないから、頭のどこかに留めておいてくれる? とにかく、あの子の怪我が早くよくなるといいね」

別れ際に、じゃあまたね、と明るく言って車を出し、夏姫さんは帰っていった。目の前からいなくなってみるとますます印象が鮮やかになる、不思議な女のひとだった。

(またね)

(またな)

二人の声が耳の奥でリフレインする。

どうして、そんな恐ろしい言葉をためらいもなく口にできるんだろう。

きっとあの人たちは、裏切られたことがないんだ、と思ってみる。期待も望みもぜんぶいっぺんにひっくり返って、底なしの絶望の中に取り残されたことがないんだ。だからあんなにお人好しで、どこの誰ともわからないあたしに対しても無防備なんだ。

家の鍵を開け、いつものようにそっと中を窺う。

父さんは、まだだった。

チャーハンを食べてきたからおなかがいっぱいだったけれど、あたしはお米を洗って炊飯器をセットし、お味噌汁用に水を張って煮干しを沈め、冷凍庫から銀ダラを出して煮付けを作る準備をした。いつも使っているテフロンのお鍋が、なんだか急に味気なく思えた。あの家の台所にあった雪平鍋で作ったほうがぜったいおいしくできそうな気がする。

カレーやシチューの作り方なんかは適当にルーの箱の裏を読んで覚えたけれど、こういう和食っぽい料理は、亡くなったおばあちゃんに叩きこまれたものだった。ガス台や流しにさえ背が届かないうちから、おばあちゃんが来いと言ったらすぐにそばへ飛んでいかなくてはならなくて、ちょっとでも返事や行動が遅れたらほっぺたをつねりあげられるから、必死に走っていっては足台によじのぼった。そうして、味付けは「さしすせそ」の順番でするとか、「味噌ひと煮立ち」ですぐ火を止めるとか、魚を焼く時は「川は皮から海は身《み》から」とか、そんなふうなコツをいろいろ教わった。たとえそれが、お前みたいな醜い子はせめて……という例の理由からであったにせよ、おばあちゃんには心から感謝している。いつ父親にまで見捨てられて一人で生きていくことになるかわからないのだから、自炊の技術くらいあったほうがいいにきまっているのだ。

もう一品、ほうれん草を茹《ゆ》でておひたしを作ってから、あたしはお風呂にお湯をため、その間に汚れたシャツを洗った。血液だったら人間のも猫のも変わりはないだろうと、生理用の下着を洗う洗剤を染みこませ、つまみ洗いをしたらけっこうきれいに落ちた。

今朝着る時は適当に袖を通しただけだけど、じつはいちばん気に入っているシャツだったから、夏姫さんに素敵だと褒めてもらえたのは嬉しかった。容姿について何か言われるのはただ怖いだけなのに、好きで大事にしているものを認めてもらえるとあんなに気持ちがふっくらするなんて初めて知った。

時計を見あげる。そろそろ七時だ。

部分洗いの済んだシャツを洗濯機に入れ、ほかの洗濯物と一緒に回す。お風呂のお湯を止めて保温にしておき、急いでトイレをすませると、あたしは冷蔵庫からコーラのペットボトルを取って自分の部屋にこもった。本や雑誌は必要ない。今夜は携帯で調べものをするつもりだから。

二十分くらいすると、玄関の開く音がした。

廊下をやってくる足音に向かってドア越しに「お帰り」と言ってみたのだけど、返事のかわりに、ドアの外鍵がカチリとかけられる音がしただけだった。

べつに、がっかりなんてしない。

ただいま、なんて言われるほうがびっくりだ。

†

去年の冬の初めから休んでいた学校に、翌日、あたしは久しぶりに足を向けた。二時間目の途中で入っていくと、クラスの子たち以上に先生が驚いていた。

案の定、教室のどこにも居場所はなかった。二年から三年にかけてはクラス替えがないから顔ぶれはそのままだったのに、休み時間になってもみんなあたしを遠巻きにして、誰も近づいてこない。友だちだと思っていた子たちまで、こちらを見ようとしなかった。

昼休みに入ってようやく、

「ねえ、どうしたの？」

そう訊いてきたのは田中亜実《あみ》だった。自分から生徒会役員に立候補するだけあって、ハキハキしていて面倒見がよくて、ちょっと押しつけがましくて……要するに、あたしがひそかに苦手とするタイプだ。

〈どうしたのって、生徒が学校に来ちゃいけないの？〉

そう訊き返すこともできたけれど、二年の時、亜実のおかげでグループに入れてもらえていたのは事実だし、彼女と親しい女子たちまで敵に回すのはいやだったので、おとなしく答えた。

「ちょっと、気が向いたから」

ふうん、と亜実は言った。さぐるようにあたしの顔を見る。

「ずっと心配してたんだよ。どうしてるのかなって思って」

そのわりには一度としてメールも電話もなかったけど、

「うん。ごめんね」

と、あたしは言った。

「あのさ、茉莉。もし、誰にも言えないこととか、あるんだったらさ。私でよければいつでも聞くからね。ぜったい他の子には言わないから。話すだけでも楽になることって、あるよきっと」

「わかった。ほんとにテンパったら、そうさせてもらうかも」

亜実の顔を見て、あたしは急いで付け加えた。

「ありがと」

彼女は満足そうに頷くと、また離れていった。

でもあたしは、教室に漂う空気がどれくらい苦手だったかを忘れていた。たいした理由もないのに同じ服を着せられ、同じ規則を守らされ、狭い箱の中で競わされる窮屈さ。みんなと同じ格好をさせられるとよけいに、あたしだけが他と違うことが目立ってしまう。そしてクラスメイトたちはこぞって、自分とは異質なものを排除しようとするのだ。直接の攻撃じゃなく、無視という姑息《こそく》だけど有効な方法で。

我慢できたのはせいぜい五時間目までだった。もう無理、と思ったが最後、一秒たりともこんなところにいたくなくなった。

六時間目を残して下駄箱《げたばこ》から靴を引っぱり出していたら、

「天羽さん」

ためらうような男の声で呼び止められた。ふり向くと、クラス副担任の添田《そえだ》――例の物理化学の先生だった。

「もう帰るの？」

「はい」

「せっかく来たのに？」

「やっぱり、無理みたいなんで」

「無理って、何が」

「何もかもです」

「あとたった一時間、ただ座って授業を聞いていればいいだけなんだよ。それくらい無理じゃないだろう」

この人に説明しても無駄だ。わかってもらえるとも、わかってほしいとも思わない。

靴を履き始めたあたしを見て、添田先生は溜め息をついた。

「明日も、頑張って出ておいでよ。来るだけでもいいから」

あたしは黙って頭を下げ、次にいつ履くかもわからない上履きをしまって外へ向かった。

と、

「あの、天羽さん」

なおも追いすがってきた先生が、押し殺した声で言った。

「僕の、せいなのかな」

——結局それが確かめたかっただけか。

あたしは、ゆっくりふり向いた。知らんふりすることもできたけど、否定しないでいることで、やっぱりそうなのだと思われてしまうのがいやだった。勝手な勘違いで苦悩なんかされようものなら、あたしの全部が嘘になる気がする。

「ぜんっ、ぜん、違います」

ひと言ずつ区切って、あたしは言った。

「自意識過剰って言葉、知ってますか。先生」

みっともなく狼狽《うろた》える顔から目をそらし、さっさと歩きだす。

二階のどこかの教室から、「起立」の声と、椅子が床にこすれる音が聞こえてきた。


制服のまま直接、昨日の道をたどった。歩く時間がもったいないのでバスに乗り、降りた停留所からはかばんをかかえて走った。

猫はどうしているだろう。元気になっていてほしいけど、開いている窓から逃げ出したり、それとも逆に容態が悪くなっていたりしないかと思ったら気が気じゃなかった。

路地のつきあたりの家まで走り、玄関の呼び鈴を押す。息を整えながら少し待って、もしかして留守なんだろうかと思い始めた頃、木の塀に囲まれた庭のほうでガラリと引き戸が開き、一本槍さんの声がした。

「こっちへ回っておいで」

あたしが来ると確信していたみたいな感じだった。

しおり戸を開け、飛び石を踏んで庭を横切る。木陰の地面をびっしりと覆う苔《こけ》の緑の濃密さになんとなく気圧《けお》されてしまい、陽のあたるところへ急いだ。

一本槍さんは仕事部屋のガラス戸を開け放ち、裸足で縁側に立って、あたしが近づいていくのを待っていた。襟ぐりののびたグレーのTシャツと、洗いざらしのジーンズ。昔サイズの建具にはアンバランスなほど背が高いのだけど、にもかかわらず、この家はこの人にしっくり似合っていると思った。この家が彼を作ってきたのだから当たり前かもしれないけど、まるでカタツムリと殻みたいに分かちがたい感じがした。

無精ひげに覆われた口もとが笑みの形にゆるむのを見てほっとする。あたしは、両手を揃えてお辞儀をした。

「昨日は、どうもありがとうございました」

「どういたしまして」一本槍さんは、眩しそうに目をすがめて言った。「制服だと印象が違うね」

そう言われたとたん、ああ、と思った。どうして自分が今朝、急に学校へ行く気になったのかが初めて胸に落ちた。

昨日、一本槍さんは言ったのだ。明日でも明後日でも、学校の帰りにまた様子を見に来るといい、と。平日である限り、十四の少女は学校へ行くものだと疑いもしていないこの人の前で、あたしはきっと、ふつうにちゃんとした自分でいたかったのだと思う。なぜだかはわからない、でもきっとそうだった。頑張ったわりに、結局不発に終わってしまったけれど。

「猫、昨日よりはだいぶいいみたいだよ。どうぞ、上がって」

「すみません、お邪魔します」

ただの挨拶《あいさつ》なのに、彼は律儀に答えを返してくれた。

「邪魔じゃないよ、ちっとも」

前をゆく一本槍さんの大きなくるぶしを見つめながら、廊下伝いに居間へ行くと、足音を聞きつけて猫が首をもたげた。あたしの顔を見るなり体を起こし、ニ、ア、とかすれた声で鳴く。

あたしは駆け寄って、板の間に膝をついた。お爺ちゃん先生のところで縫合のために毛を剃《そ》られた首筋は、傷のところがまだ痛々しく腫れていたし、後ろ肢も引きずったままだけれど、気力だけはずいぶんと快復してきたのがわかる。ごろごろと喉を鳴らしながら、猫は箱から出て、あたしの膝の上によじのぼってきた。

甘えておでこをこすりつけてくるのを、涙が出そうな思いで撫でてやっている間に、一本槍さんは二人分の紅茶を淹れてきてくれた。片方のマグカップをあたしに手渡す。

「教えてないのにトイレは自分からそこでしたし、無駄な体力使わないでじっとしてるし。頭いいと思うよ、こいつ」

あたしの目の前にしゃがんで、一本槍さんは猫の顎の下をちょいちょいと指で撫でた。

「鳴き声は前からこんなだった？」

「いえ。前はもっと可愛い声だったはずなんですけど」

「じゃあ、昨日あんな悲鳴をあげたせいで声が嗄《か》れちゃったんだな、可哀想に。早く元どおりになるといいなあ、お前」

あたしは、上目遣いに彼を盗み見た。夏姫さんの言葉がよみがえる。

〈頼んでみてくれないかな。『この猫、ここで飼って』って〉

――無理だ。あたしにとって、誰かにお願いごとを口にするというのはものすごく高いハードルなのだ。昨日、猫をお医者に連れていきたいと口にできたのはそれだけ切羽詰まっていたからで、そうでもなければ言えるわけがなかった。望みが切実であればあるほど、ハードルはますます越えられない高さになっていく。

「どうかした？」

あたしは慌てて首を横にふった。

「なに。言ってごらんよ」

「いえ、べつになにも」

一本槍さんはあたしをじっと眺め、それから猫に目を移した。「そう」とつぶやいて立ちあがる。

「俺、隣の部屋にいるから、茉莉ちゃんはゆっくりしてってていいよ。何かあったら、気にしないで声かけてくれていいから」

自分のマグカップを持ったまま、一本槍さんが出ていく。彼がいなくなったとたん、部屋が倍ほど広くなった気がした。

膝の上で丸くなった猫を撫でながら、ガラス戸越しにぼんやり庭を眺めた。木枠にはまったガラスはそうとう古いものらしく、ところどころ吹きガラスみたいに分厚くなったり気泡が入ったりしていて、その向こうの景色も一緒に優しく歪んで見える。晴れた庭に雨が降ってるみたいだ。

ふと見ると、板の間がガラス戸にそって隣の部屋とつながっている部分、その真ん中へんに、段ボールをひろげた仕切りが立てられ、ガムテープで柱に固定されていた。人間ならまたげるけど、肢を痛めている猫には飛び越せないくらいの高さ。隣の部屋でガラス戸を開け放っている時に、猫がうっかり外へ出ていってしまわないようにという配慮なのだろう。〈準備は万端じゃないの〉と、夏姫さんなら言いそうだった。

丸くなっていた猫は、熟睡するにつれてだんだん結び目がほどけていって、今や頭と手足が膝からはみ出して落っこちそうだ。ピンク色の肉球を触ってみると、ぷくぷくしてマシュマロみたいだった。ゆうべ携帯で調べたサイトに、猫は警戒心のかたまりみたいな動物だからよほど気を許した人にしか肉球を見せることはないと書いてあったのを思いだしたら、胸がきゅうっとなってしまった。

きっとこの子にとっては、人間の見た目なんてものは何の関係もなくて、ただ野性の勘とか本能みたいな部分で、あたしのことを自分の味方だと思ってくれている。なんとかしてそれに応えたい。この子を守ってやりたい。でも、あたしには何の力も……。

そうっと抱き上げて箱の中に戻してやる。不服めいた声で鳴いたあと、猫はまたすぐに眠りこんだ。

立ちあがり、飲み終えたマグカップを台所へ持っていって洗った。それから一本槍さんのいる部屋の前まで行って、廊下から声をかけた。

「ありがとうございました。帰ります」

「え。もういいの？」

身じろぎする気配と畳を踏む音がして、一本槍さんが顔を覗かせた。

「またおいで。いつでも」

もちろん来たかった。毎日だって来たいし、本当は今日もまだ、もう少しここにいたいくらいだった。でも、そんなの本当は迷惑にきまっている。おいでと言われたからって、のこのこ来てしまったら、厚かましいと思われて嫌われるのが落ちだ。

口には出さなかったのに、何か伝わったらしい。一本槍さんはふいに、あらたまった口調で言った。

「あのさ、茉莉ちゃん。俺ら三人で、チームだと思えばいいんじゃないかな」

「チーム？」

見あげると、彼は頷いた。

「猫の救出作戦で協力し合ったチームってこと。もちろんリーダーはきみなんだから、その後の様子を見に来るのに何を遠慮することがある？ っていうかむしろ、せめて猫が元気になるまでは、責任持って見に来てもらわないとさ」

何か言おうとして、言葉が出なかった。

いったいどうしてこのひとは、こうも的確に、あたしのいちばん欲しい言葉をくれるんだろう。これまでずっと長いこと望み続けて、でも身内の誰からも決して与えられなかったものを、あまりにも無造作にほうり投げてくれるものだから、もうどうしていいかわからない。

口をひらいては閉じ、またひらいては閉じ、何度かそれを繰り返してから、あたしはようやく言った。

「……ありがと」

さっきの猫の鳴き声みたいに、あ、り、が、と、と切れぎれに声がかすれ、ほとんど口を動かすだけみたいになってしまった。

と、その瞬間、一本槍さんが息を呑み、口を半開きにしてあたしを凝視した。というか、あたしを透かして後ろの何かを凝視しているみたいだった。

見ひらいたその目の中を、ありとあらゆる感情がめまぐるしく出入りする。まなざしが激しく揺れ、ほんの数秒が永遠みたいに思える。

最後に喉仏が大きく上下して、彼はゆっくりと息を吐いた。

「……ごめん」

あたしは首を横にふった。今のは何だったんだろうと思った。

「ちょっとね」と、彼は言った。「昔、知ってたひとのことを思いだした。あんまり似てたものだから」

「あたしがですか？」

「いや。今の、きみの言い方が」

一本槍さんは、いくらか無理した感じで笑った。

「そうか、靴、こっちだったよね」

部屋を横切る時に横目で見やると、イーゼルの上には昨日と同じ描きかけの風景画が載っていた。いくらかは進んだらしい。昨日はまだ白いキャンバスのままだった部分に雲が浮かび、その間から大地に向かって光の束がうっすらと射している。

あたしは思わず立ち止まった。すごく、綺麗だった。とくに光の感じが。確かにキャンバスの上に絵の具を塗っているはずなのに、向こう側が透けて見えるというか、まるであの世にまでつながってるみたいだ。

いま初めて、このひとはけっこう絵が上手なのかなと思って、

「あのう、もしかして絵描きさんだったりするんですか？」

真面目に訊いたのに、一本槍さんはぷっとふきだした。

「うん。まあ、一応はね。でもそれだけじゃ食べていくにはちょっと辛いから、ときどき別の仕事もさせてもらってる」

「別の？」

「うん。看板屋さん兼ペンキ屋さん」

そして彼は言った。

「茉莉ちゃんは、こういう風景画、好き？」

あたしは、ちょっと考えてから答えた。

「風景画は好きじゃないけど、この絵は好きです」

一本槍さんは、意外にも照れくさそうな顔をした。

「時間があるなら、描くところ見ていく?」

「え、いいんですか?」

気が散ったりしないのかと思ったのだけど、人に見られているところで描くのは看板の仕事の時で慣れているのだそうだ。

あたしは、イーゼルの下に敷かれたシーツのすぐ外側、一本槍さんの椅子の後ろに体育座りをして、彼の絵がだんだんと深みを増していくのを眺めた。学校を五時間目で切りあげてきてよかった、とつくづく思った。そうじゃなかったら、もっと急いで家に帰らなくてはならないところだった。

絵筆は、魔法みたいだった。彼だけが使える魔法。あたしだったら描きたいものの輪郭を直接なぞってしまうけど、彼は、たとえば影を描くことによってそれを浮かびあがらせる。だからこんなふうに、そこにないはずのものまでがにじみ出てくるのだろう。

人に見られていても気が散ることはないと彼は言ったけれど、それは、看板の仕事で慣れているせいばかりではないんじゃないかと思った。絵筆をその手に握った瞬間から、彼は完全な集中のなかにいた。声をかければふり向いてくれるだろうけれど、そうでもしない限り、いま彼の世界にあたしは存在していないのだった。

おかげであたしは、心からリラックスすることができた。最初から存在しないものは、損なわれることもない。あたしがここにいても、彼の目には映っていないのだから、今だけはこの容姿を気にする必要も、迂闊《うかつ》な態度や言葉で不興を買うのを心配する必要もないのだ。

一枚の絵と向かい合う彼が創《つく》りあげるその世界は、あたしという異物が存在しないぶんだけ純度が高く、透明なドームに守られているかのように安定していた。あたし抜きで完璧に成立している彼の宇宙を、すぐ外側から膝をかかえて眺めているこの時間に、今までにないほど深く安らぐ。明日も、明後日も、永遠にこのまま絵にだけ集中していてくれればいいのにと思うほどだった。

やがて時間が来て、あたしは立ちあがった。そっと板の間に出て段ボールの仕切り越しに居間のほうを覗くと、猫はさっきとほとんど同じ格好で眠りこんでいた。

縁側で靴を履き終えてからふり返る。

椅子に座ったままの一本槍さんがこっちを見て目もとを和らげ、絵筆を持った手を軽くあげた。

西日に照らされた庭を横切り、飛び石の四つめを踏んだあたりで、後ろからカチリ、シュボ、と小さな音がした。

ようやく気がついた。昨日から彼は、あたしのいるところでは煙草を我慢してくれていたのだった。

†

「おい、文句があるならはっきり言えよ。このごろ付き合い悪かったのも、そうやって俺に不満タラタラだったからかよ。なあ、マリっぺ」

　ファストフードの安いコーラを音をたてて啜《すす》りながら、タクヤが探るように、嬲《なぶ》るように、あたしを覗きこむ。

　池袋の西口。すぐそこの店でハンバーガーとポテトを食べて出てきたところだった。あたしがポテトにケチャップを二つもかけたという理由で喧嘩《けんか》したものだから、タクヤの機嫌はすごく悪い。歩きながら片手にコーラを持ち、もう一方の手をあたしの肩にまわしているのだって、もちろん愛情表現なんかじゃない。話が終わるまで逃がさないようにするためだ。

「もしかして、男でもできたのか？」

　妙に優しい声に、あたしは激しくかぶりをふった。

「ほんとかあ？　そういう男がいるんなら、早いとこ白状したほうがいいぞ。隠したってすぐわかるんだからな」

「隠してなんかいないったら」

「じゃあなんで、ずっと俺の電話に出なかったんだよ」

ウザかったし、それどころじゃなかったから、というのが答えだったけれど、さすがにそうは言えなかった。

ここ半月ほどの間、あたしは、毎日欠かさずあの家に通っていた。真面目に学校に通う計画は一日で挫折したきりだったけど、一本槍さんはあたしの不登校に気づいても何も言わなかった。昼でも、夕方でも、家にいる時は黙って庭から入らせてくれたし、ペンキ屋さんとかの仕事があって留守にする時は本当に引き戸の鍵を開けておいてくれた。

一度、夏姫さんが一緒に暮らしているという彼氏を連れてきたことがある。驚いたことに八つも年下の人で、夏姫さんが高校の先生をしていた頃の教え子だそうだ。なんでも、せっかく入った大学を途中でやめ、美容師になるために専門学校に入り直して、今は美容院で修業を重ねているという話だった。

〈いろんな人生のかたちがあるからね〉

と、夏姫さんはあたしに言った。

〈茉莉ちゃんも、だから今はゆっくり立ち止まって考えればいいんじゃないかな。なんにも焦ることなんかないし、あなたに対して責任を持たない人の言うことを気にしすぎる必要もないのよ〉

猫の具合は、日に日によくなっていた。後ろ肢はまだちょっと痛そうだけど、一週間目に首の傷の抜糸をしてもらうので病院へ連れていったら、お爺ちゃん先生が快復ぶりにびっくりしたくらいだった。

一本槍さんがあたしに、猫の名前は何か考えているかと訊いたのは、その日の帰り道だった。

〈先生に文句言われたんだ。カルテに書きこむ名前がないと、この先困るって〉

〈この先って……？〉

どきどきしながら訊くと、彼は、とても穏やかな目をして言った。

〈うちで面倒見ることにするよ。こいつも含めて、チームだもんな〉

一度も頼んだりしなかったのに願いが叶うなんて、嬉しいのを通りこして怖いくらいだった。

猫の名前は、ザボン、に決めた。オレンジ色のトラ縞《じま》が丸くなって日向《ひなた》ぼっこをしていると、まるで大きなザボンが転がっているみたいだったからだ。

最初の頃のあたしは、彼女（ザボンはメスだった）が怪我から快復していくのが嬉しい反面、このまま元気になってしまったら様子を見に来る口実がなくなってしまうんじゃないかとはらはらしていた。

でも、ある時、一本槍さんが冗談ぽく言った。

〈一匹も二匹もおんなじようなもんだから〉

なんだ、そうか。

あたしはザボンと同じ身分なのか。

そう思ったら、いっぺんに全部のことが納得できる気がした。

少しずつ、でも確実に、あたしは一本槍さんの家で安心して四肢を伸ばせる場所を見つけつつあった。五月の昼下がり、陽のあたる畳の上に寝転がり、猫と並んで日向ぼっこをしていると、体の奥深いところに刺さった氷の棘《とげ》みたいなものがじわじわと溶けていくようだった。

「おい」

揺さぶられて我に返る。

「聞いてんのかよ。なんで俺の電話に出ねえんだっての」

タクヤの目が苛立《いらだ》っている。

さすがに本当のことは言えなくて、

「ちょっと、忙しかったから」

と、あたしは言った。

「だからなんで」

「父さんが具合悪くて」

用意してきた嘘をつくと、タクヤはいきなり横断歩道の手前で立ち止まり、煙草に火をつけ、長い信号待ちの間じゅう黙ってあたしを睨《ね》めまわした。

(今、心臓に手を当てられたらバレる)

わざと顎をつんと上げ、見つめ返してやる。信号が青に変わってもそのまま目をそらさずにいたら、タクヤはようやく信じる気になったのか、あたしの肩をぐいと抱え直して再び歩き始めた。

「これからは、俺の電話には絶対出ろよな」

「出られない時だってあるよ」

「そういう時はすぐかけ直してこい」

あたしは、ひそかに深呼吸をしてから、思いきって言った。

「気が向いたらね」

「マリ、てめえ」

「呼べばいつでも尻尾《しっぽ》ふって飛んでくるような女がいいの？　そういう安い女がいいんなら他をあたってよ」

強気に出るふりをしながら、ぎりぎりのラインをさぐる。たやすく言いなりになるわけにはいかないけど、一歩でも目測を誤ったら、狂犬の鼻面をひっぱたくようなものだ。こっちの身が危ない。

もう何十メートルか歩いたあとで、タクヤは、ふん、と鼻を鳴らした。本当に犬みたいだった。

「お前な、調子に乗ってんじゃねえぞ」

あたしは黙っていた。

「あんまりナメたことばっか抜かしてると、あとでウチ帰ってからどういう目に遭うかわかってんだろうな」

「悪いけど、今日はタクヤんちへは行かないから」

「はあ?」

タクヤの細い眉が歪む。

「行かないから、だ? 誰が決めたんだ、そんなこと」

「あたしだけど」

「なあ、マリちゃんよ」タクヤがまた猫なで声を出す。「お前、他に男はいねえって言ったよな」

「言ったよ」

「てことは、俺の女ってことだよな」

くわえ煙草の火が近い。

「……だとしたら何なの」

「俺の女は、俺の言うことだけをハイハイと聞くもんなんだよ!」

「痛っ！」

ぎゅうっと肩先を握りこまれて、あたしは身をよじった。痛い。逃れようとすればするほど、タクヤの爪が食いこむ。

もういやだ、怖い。どうして今まで、こんなことを我慢できていたんだろう。

答えはきまっていた。居場所が他になかったからだ。父さんのいる家を捨ててしまうのは怖くて、でも帰りたくなくて、学校へも行きたくなくて、そんな時にタクヤが与えてくれた場所は、みすぼらしくてもいびつでも、いっときのシェルターの役割は果たしていた。

でも今は違う。あたしにはもう、あの温かい場所がある。

幸い、タクヤには自宅の詳しい場所を教えていない。公園の反対側だとしか言ってないし、携帯だって番号を変えてしまえば大丈夫なはずだ。

隙《すき》を見て、突き飛ばしてでも逃げだすしかない、と思った時だった。

「お前、こないだ焼肉屋へ行く時に話してたこと、覚えてるよな？」

タクヤがふいに低い声で言った。

「なにそれ。知らないよ」

「んなわけねえだろ。ったく、嘘ばっかりだなあ、お前は。ほら、お前に協力してくれって言ってたあの話だよ」

「知らないったら。覚えてたって協力なんかしない。どうせヤバい話にきまってるもの」

「そうはいかねえんだなあ」

タクヤが立ち止まる。いつもは笑うとやんちゃそうに見える彼の顔が、いきなり残忍に歪んだ。回転扉が裏返ったみたいだった。雑踏から音が消える。

「俺さあ、マリ。金が欲しいんだよ。でっかくチョータツしてえんだよ」

「……一人でやってよ」

タクヤはゆっくりと首を横にふった。

「なに、たいしたアレじゃねえから大丈夫だって。だいたい、お前は断れないんじゃないかと思うよ」

「え？」

「あの黄色い猫さあ。あいつの名前、何ていうの？」

意味が脳にまで届いた瞬間、ひっ、と声がもれてしまった。

体が、がくがく震えだす。

「どう……」

「どうしてかって？」タクヤは、煙草を歯にはさんだままにっこりした。「あと尾《つ》けたから」

「やだ……なんでそんなこと」

「自分が電話に出ねえからいけねえんだろ。どうも様子がおかしいから、家はどのへんかなと思って散歩してたら、ハハ、お前ってほんと目立つのな」

「…………」

「近所の婆さんつかまえて、『これからデートで迎えに行くとこなんスけど迷っちゃってー』つったら、ご親切にも一発で教えてくれたよ。ハーフの子だったらそこのマンションじゃないかしら、ってな」

立っていられなくなって、タクヤのスカジャンにすがりついてしまった。自分が何かをされるより、大事なものを傷つけられることを想像するほうがずっと怖い。

「なあ、あの猫の家にいる男さ。あれ、誰。どういう知り合い？」

「誰って……猫がいじめられてるのを助けてもらっただけだよ」

「ほんとかあ？　お前、俺に黙って小遣い稼ぎでもしてんじゃねえだろうな」

「そんなんじゃないったら！」

タクヤがじろじろとあたしを眺めまわす。唇に薄笑いが浮かんでいるのを見てぞっとした。この男は、あたしのことなんか何とも思ってない。ただ、自分の言うことを聞かない女をこのまま見逃すつもりはないだけなのだ。

「なあ、俺も仲間に入れろよ」

あたしはただ首を横にふった。

「あいつ、古いけどけっこういい家住んでるじゃん。貸家じゃねえだろ？　調べてみたら絵描きだっていうしさ、金持ってんじゃねえかなあ」

震えが、止まらない。

「な、マリ。あいつをカモにするってのはどうよ。お前、いい体してるからさ、誘惑して弱み握ればこっちのもんだぞ」

「な……なに、ばかなこと言ってんの」

「十四の女子中学生に手ぇ出したなんてことになったら、社会的信用ってやつは丸つぶれだもんな。ちょっとくらいの金、ほいほい出すだろ。な、いつものチョータツだよ、チョータツ」

なおも首をふるあたしを見て、タクヤはちっと舌打ちをすると、歩道の端へ引きずっていった。

通る人たちからは見えないように覆いかぶさり、頬を一発、思いきりひっぱたかれた。唇の端がじぃんと痺《しび》れる。

「なあ、いいじゃんかよ。お前、あのおっさんのこと、けっこう好きなんだろ。毎日毎日、嬉しそうに出かけていきやがるもんなあ。一発くらい、マジでやらしてやりゃあいいじゃん。それくらいは許しちゃうぜ、俺、心広いから」

現実感がまるでなかった。

こんなばかな話、もちろん断るしかない。それしかない。当たり前だ。

あたしは、首を横にふり続ける。

†

子どもの頃から――なんて言うと今だって子どもじゃないかと笑われそうだけど、もっとずっと小さかった頃から、あたしがこの世で一番怖いのは「幸せ」という名のお化けだった。

そいつはまるで、自分だけはすごく頼れるいいやつみたいな顔でニコニコしながら近づいてきて、なのにこちらがようやく気を許しかけたタイミングで突然、裏切る。その瞬間、すべてが最初からまぼろしだったかのように消え失《う》せて、あたし一人が茫然と取り残される。

あたしにとっては誰かに対する期待というものもほとんど同じで、踏めば沈むとわかっている蓮《はす》の葉っぱみたいなものだった。覚えの悪いあたしは、それでも今度こそ大丈夫かもしれないという望みについ体重を預けてしまっては、何度も溺れ死ぬほどの思いを味わった。その苦しさといったら、とうてい慣れることのできるようなものではなくて、しまいには、さすがのあたしも迂闊に足を踏み出さないでおくことを覚えた。
そう、覚えた、はずだったのに——。

開け放った縁側からぼんやり庭を眺めやりながら、あたしは猫の背中を撫でる。ザボンは最近ではいつも、気がつくとあたしの隣にくっついて寝ている。

首や肢の怪我の具合がよくなってきたおかげで自由に庭にも下りるけど、遠くへは行かない。庭の中をうろうろしたり、せいぜい板塀のすきまから家の前の道をちょこっと覗いてみるだけだ。

〈外の世界がまだ怖いのか、おまえ〉

と一本槍さんは言う。

〈可哀想にな〉

でも、その恐怖心や警戒心こそがザボンにとって、これから安全に生きていくために必要なものであるようにあたしには思える。そんなことを言っても一本槍さんにはきっとわからないだろうから、口には出さないけれど。

ここ数日、タクヤはめずらしくおとなしい。例の、逆らうわけにいかない先輩から何か言いつかって、そっちで忙しくしているせいであたしのことまで手が回らないらしい。どうせそれだって人には言えない仕事なんだろうけど、あたしにはありがたいことだった。彼からの呼び出しがないだけで、久しぶりに息がつける気がした。

初夏の午後のそよ風に吹かれて縁側に脚を投げだしていると、あまりの心地よさにまぶたが重たくなってくる。大きく育った庭木が軒の近くにまで枝を差しかけてまだらな影を落としているせいで、ショートパンツから伸びたあたしの両脚はうっすらと迷彩柄に見える。

一本槍さんは、すぐ後ろの部屋で絵を描いている。ずっと無言のままでも、身じろぎする気配は伝わってくるし、キャンバスのこすれる音や、絵筆を置いて別のと取り替える音、椅子の軋《きし》む音も聞こえる。

さっきまではあたしも、彼の背中の側から作業を眺めていた。最初の頃は一本槍さんが休憩するまでの間ずうっと息を詰めるようにして見ていたものだけれど、今では制作中でも台所で洗いものをしたり、本を読んだり、あたしなりの自由な時間を過ごすようになった。

〈物音をたてても全然気にならないから大丈夫だよ〉

と、彼は独特の深く響く声で言った。

それは本当だった。いったん絵の中へ入りこんでしまうと、一本槍さんはふだんとはまるで別人になった。いかにも芸術家っぽく近寄りがたくなるわけじゃないし、怖くなるのともちょっと違う。ただ、遠くなる。この世からすうっと遠ざかって、どちらかというとあの世の側に近いところへ行ってしまう感じがする。それでいながら、彼の描く絵の中の風景は、あたしがふだん目にしている実物よりもはるかにリアルなのだった。

あたしにとっては、彼と、彼の絵と、それにこの家と庭だけが、ちゃんと手で触れられる確かなものだった。

ただし——それは今この瞬間だけだ。いつ失われるかはわからない。そのことをうっかり忘れそうになるたびに、あたしは必死になって自分の油断を戒める。

一度、夏姫さんとその恋人の慎一《しんいち》さんも一緒に、みんなで一本槍さんのお母さんがやっているお店へ行ったことがある。大泉学園の商店街のはずれにある、慎ましやかな感じの小料理屋さんだった。

こんにちは、と挨拶をしたとたん、

〈あら！　あらあらあら、なんて可愛らしいの？〉

お母さんはあたしの頬を両手ではさんで顔いっぱいで笑ってくれた。

〈こんなに可愛い子、見たことないわ〉

優しい人だった。

息子とも仲が良くて、お互い遠慮のかけらもない憎まれ口をたたき合いながらも、言葉の端々に相手への労《いたわ》りが満ちている。

〈女の子って、いいわねえ。むくつけき野郎だけじゃ目の楽しみってもんがありゃしない。私も頑張って女の子産んどくんだったわあ〉

〈頑張ってって、努力でどうにかなる問題なのかよ、それ〉

一本槍さんは笑って、さっさとカウンターの向こうの厨房《ちゅうぼう》へ入っていった。時々はそうして店を手伝っているらしい。一本槍さんのお父さんが亡くなったあと、お母さんは再婚して、今は別のところにその人と二人で暮らしているという話だった。

〈ふだんはこのお店、夜しか開いてないんだけど……〉

と、夏姫さんが教えてくれた。

〈こないだ歩太くんがおばさんに、茉莉ちゃんとザボンの話をしてたね。『いっぺん連れてきたいんだけど、彼女、帰りが遅くなれないから』って言ったら、『じゃあみんなでお昼食べにいらっしゃいよ』って〉

それでこういうことになったの、と夏姫さんは笑った。

夏姫さんと慎一さんが揃ってお店に顔を出すのも、けっこう久しぶりだったらしい。

食事の間にも話ははずんで、あたしは自然に知ることとなった。二人のなれそめや、慎一さんが最初のうち一本槍さんを夏姫さんの彼氏だと思いこんで嫉妬していたことや、後にどうやってその誤解が解けたかについて。

真っ赤になって止めようとする慎一さんを笑いながらあっさり無視して、お母さんや夏姫さんは話して聞かせてくれた。慎一さんがまだ夏姫さんと付き合い始めたばかりの頃、彼女と歩太さんがじつは想《おも》い合っているんじゃないかと誤解して、仕事の現場までこっそり探りに行ったこと。

そのころ歩太さんは例の〈看板屋さん兼ペンキ屋さん〉の仕事で、池袋の東口商店街にあるビストロの外壁に絵を描いていた。水車小屋があって、牛やロバがいて、おまけに翼の生えた人が空を飛んでいるような不思議な絵だったらしい。ところが、内緒で偵察に行ったつもりの慎一さんは、うっかりドジを踏んで脚立《きやたつ》だか梯子《はしご》だかを倒してしまい、自分も怪我をした上に、何がどうなってかこのお母さんの店に連れてこられる羽目になったのだという。

〈踏んだり蹴ったりを絵に描いて日展《につてん》に出品したみたいな話でしょ〉

夏姫さんが無情なことを言った。

〈でも、〉とあたしは言ってみた。〈ほんと言うとあたしも最初は、夏姫さんと一本槍さんが付き合ってるんだとばかり思ってました〉

〈だろ？　やっぱ茉莉ちゃんもそう思っただろ？〉

慎一さんが身を乗りだす。

〈ほーら。みんなそうやって笑いものにするけど、俺が特別やきもち焼きだったわけじゃないんだよ。あの頃から二人の間には、特別な絆《きずな》〜って感じがむんむんしてたもん

な〉

　相手がもと自分の学校の先生だったせいか、慎一さんは夏姫さんを前に話す時、どことなく高校生に戻ったみたいな口調になる。

　一本槍さんは苦笑いしながら言った。

〈しょうがないだろ。こいつとはそれこそ、お互いが茉莉ちゃんと変わらない年頃からの付き合いなんだからさ〉

〈そうそう。絆なんてものじゃなくて、ただの腐れ縁なの〉

　夏姫さんも相変わらず無情なことを言うのだった。

　お料理はどれも、見た目にとても美しかった。でも、正直言うと、味は遠かった。夏姫さんや慎一さんがおいしいおいしいと言って食べる横で、あたしは目の前の醬油差《しょうゆさ》しに手を伸ばしたくなるのを懸命に我慢した。

　このお店の料理を目当てにやってくる常連さんはいっぱいいるというから、世の中の〈おいしい〉の基準は幅広いんだと思うしかない。こういう味つけの家で育ったために、一本槍さんの作るチャーハンとかもあんなに薄味なんだろう。

　食べた気はあんまりしなかったけれど、でも、どこの馬の骨ともわからないあたしをこんなにあったかくもてなしてくれる気持ちは、本当に、ほんとうに嬉しかった。あたしは自分からはほとんど何も話さず、その場にいられる時間を、まるですぐ小さくなってしまう飴《あめ》みたいにじっと味わっていた。みんなの笑い声が響くたび、美しい音楽みたいだと思った。

別れ際、おばさんはあたしに言った。

〈毎日、お父さんのごはんを作って待っててあげてるんですって?〉

一応事実には違いないので頷くと、えらいねえ、とおばさんは目を細めた。そうしてあたしを、

〈おいおい、おふくろ〉

一本槍さんが止めるのもかまわず、ちょっと離れたお店の隅っこへ引っぱっていった。

〈あのね、ちっちゃい声で言うけどね。歩太ってああ見えて、けっこう頑固だし偏屈でしょ?〉

そこで頷くわけにもいかなくて、あたしは目で先を促した。

〈これまでは、夏姫ちゃん以外の誰かをあの家に入れるってことが一切なかったのよ。生活にもろくに変化がないもんだから、日によってはまるで、口きいたら損、みたいにムスッとしてることも多かったの。でも、嬉しい。あなたのことは、とくべつ可愛い妹みたいに思ってるみたい。このごろは私にもいろんなこと話してくれるようになって、表情もずいぶん明るくなってきて……〉

ほんと、茉莉ちゃんのおかげだわ、と、おばさんはまた優しいことを言って、あたし

の髪を耳にかけてくれた。

〈またいつでもいらっしゃいね〉

笑った顔の感じが、夢みたいに遠い記憶の中の母親と少しだけ似ている気がした。

どうして毎日、家に早く帰らなくちゃいけないいか、本当の理由は一本槍さんにさえ話していなかった。勤めから帰ってくる父親のために夕食を作ってあげる孝行娘——そんなふうに思われたいわけじゃなかったけど、ほんとのことなんかとうてい話せやしない。同じ家にいる間、いちいち部屋の外から鍵をかけて閉じこめられて、互いにまずめったに顔を合わせないなんて……父さんとあたしにとってはもう当たり前みたいになっているけれど、よそから見ればそれがそうとう異常だということくらいはあたしにもわかっている。

間違えないようにしなくては。あたしの本当の居場所は、部屋に外鍵の取り付けられたあの家なのだ。どんなにリアルに見えたって、一本槍さんたちの世界のほうが幻なのだ。耳に優しい、美しい音楽に心を許してはいけない。

緑のそよ風が吹いてくる。さやさや、さやさや、葉擦《はず》れの音がする。

重たく垂れ下がってくるまぶたを何とか持ちあげようと身じろぎしたら、腰のあたりにくっついて寝ているザボンが喉声で文句を言った。

寝ちゃだめ、と目をこじ開ける。

いま寝たりしちゃだめ、ちゃんと見張ってないと。

（何を？）

わからない。でも、起きてないと。あたしがザボンと一本槍さんを守らなかったら、いったい誰が守るの。

そう思う間にも、ふうっと意識が切れぎれになって遠のいていく。頭の後ろからずぶずぶと眠りの淵《ふち》に沈みこんでいく。

眩しい。皮膚が焼けるみたいに熱い。

何、これ。目をつぶってるのにどうしてこんなに眩しいの。

「んっ……」

懸命の努力でまぶたを押し上げ、目をしばたたいたとたん、あたしは思わず小さく悲鳴をあげた。

「あ、ごめん。起こしちゃったか」

間近に覗きこんでいたのは、一本槍さんだった。

強く光る瞳、太い眉、大きな鼻。頬や顎を覆う無精ひげがいつもよりくっきり見える。

彼は、あたしを抱きあげようとしていたのだった。

「縁側、陽がかんかんあたってるからさ。真っ赤に灼けたら、あとが痛いかと思って」

見ると、さっきまで日陰だったところがすっかり日向になっていた。ザボンなんか、さっさと畳の部屋の物陰に移動している。

あたしをお尻からそっと縁側に下ろして、膝の裏に差し入れていた右腕を抜き、かわりに一本槍さんは手を貸してくれた。大きな右手につかまって立ちあがった拍子に、彼のシャツからふわっと油絵の具の匂いがした。最初のうちは慣れなかったこの匂いが、今ではまるで、あたし専用のアロマテラピーみたいにいちばん落ち着く匂いになっている。

部屋の壁掛け時計を見あげた彼が言った。

「じき三時か。ひと息入れて、お茶にしようか」

「あたし、淹れてきます。一本槍さんは何がいいですか？」

と、彼がふいにじっとあたしを見つめた。

「その呼び方、そろそろやめようよ」

「え？」

「〈一本槍さん〉てさ。なんかこう、他人行儀で落ち着かない」

「でも……じゃあ、なんて呼べば？」

「〈歩太〉でいいよ」

「え、それは……」

それは無理、と思った。あの夏姫さんでさえ〈くん〉付けで呼んでいるのに、あたしが呼び捨てになんかできるわけがない。そう言ってみたら、

「じゃあ、夏姫と同じで〈歩太くん〉は？」

あたしは眉を寄せた。

「――さん」

「うん？」

「〈歩太さん〉だったら、何とか」

彼は笑って、しょうがない、じゃあとりあえずはそれで手を打つか、と言った。

「そうそう、ゆうべ、おふくろにどら焼きもらってきたから、日本茶がいいかな。茉莉ちゃんの淹れるお茶、すごくおいしいから」

「〈ちゃん〉、要《い》らないです」

「え」

「あたしも、〈茉莉〉でいいです」

彼は驚いたような顔になり、それからふっと眉尻を下げた。

「わかった。そうしよう」

彼のリクエストどおり、あたしは日本茶をていねいに淹れた。

台所の古いやかんを火にかけ、急須を温めてからお湯を捨てて、お茶の葉を入れる。

別の容器に注いで少し冷ましておいたお湯を、その急須に注ぐ。口の中で短い歌を一曲歌うあいだ待ってから、さっき湯冷ましに使った容器に、最後の一滴が落ちるまでしっかりとお茶を注ぎきる。その後で人数分の湯呑みに均等に注ぎ分ければ、味のむらがなくなるというわけだ。

これだって、亡くなったおばあちゃんに一から叩きこまれたことだった。

〈恥ずかしいと思いよ、茉莉〉

どんな思惑から教えてくれたのかはわからない。でも、あの恐ろしかったおばあちゃんのスパルタ教育も、今そのおかげで一本槍さん……もとい、歩太さん、に喜んでもらえているなら、教わっておいてよかったと素直に思える。もし、もう一度おばあちゃんに会えたとしたら、ありがとう、と直接伝えたいくらいの気持ちだった。

くるんで輪ゴムでとめてあった紙包みをひらくと、どら焼きが二つ現れた。おばさんがお店のお客さんからもらった箱の中から、

〈茉莉ちゃんのぶんと二人ぶんね〉

そう言って渡してくれたそうだ。

――二人ぶん。

学校にも行こうとしない、それも血のつながりも何もないあたしを、こんなかたちで許し受けとめてくれる人たちがいるなんて。

鈍く光るアルミのお盆に、これまたレトロな漆塗りの菓子皿と湯呑みを二つ載せて運んでいくと、

「うん。やっぱ旨い」

いっぽ……歩太さんは強い声で言った。

「スーパーの安い煎茶《せんちゃ》を、ここまでおいしく淹れられる中学生って無敵だよね」

笑いかけてくれる顔が優しくて、あ、お母さん似なんだなと思った。

猫に餡《あん》を食べさせるのはよくないと何かで読んだから、どら焼きの皮のところだけをほんの少しザボンに分けてやり、それからあたしたちは、さっきみたいにくっついて、歩太さんが絵の続きを描くのを眺めた。

キャンバスの中の光と影を見つめる。描かれているのはべつに変わったところのないふつうの山と空なのに、歩太さんが描くと、神様から祝福を受けた特別な聖域のように見える。

聖域。

あたしにとってそれはもちろん、ここ、だった。ここだけは、誰にも侵されたくない神聖な場所だった。

はるか昔の記憶だけど、両親がまだそれなりにちゃんとしていた頃、夏にシャワーを浴びたあとで父さんのシャツを着せかけてもらったのを覚えている。だぼだぼの乾いた

布地にくるまれた時のあの感じ。幸せの中で体が泳ぐような感覚。歩太さんのそばにいると、まるであの大きな乾いたシャツにくるまれているみたいだった。

だけど、あたしにはどうしてもわからないのだ。歩太さんが当たり前のように示してくれる好意に甘えて、自分のことを話したり、悩みを打ち明けたりしたいという気持ちと、うっかりそんなことをしたが最後きっと疎まれてしまうという恐れとが、心の中でせめぎあって、いつまでたっても答えが出ない。ちょうどいいバランスというものがどういうものなのかが、感覚で理解できない。

それでいくと、ある意味タクヤとの関係はわかりやすかったんだなと思う。体を差しだす代わりに一時的な居場所を確保する、ギブアンドテイク。バランスが取れていた、と言えなくもない。

今は、あたしから歩太さんに差しだせるものが何一つなくて、それなのにここにはずっといたい気持ちが強いから、うっかりすると体重をかけすぎてしまいそうになる。歩太さんから疎まれたら、と想像するだけで辛い。手の中にあるものをなくすということが、こんなに怖く思われるのは生まれて初めてだった。

いやだ、こんなの。自分でも情けないし、相手だってきっと重たすぎる。

このあいだ、夏姫さんの出てくる夢を見た。歩太さんと二人して何か話しながら笑っている様子を眺めながら、あたしは、夏姫さんにはっきりとやきもちを焼いていた。あんなに良くしてくれる夏姫さんのことを邪魔に思ってしまっている自分を、目が覚めてから、本当にいやな子だと思った。

世界に歩太さんとあたしとザボンだけがいればいいのに、なんて、それこそ夢みたいなことを思ってみる。二人と一匹だけで、ずうっとこうして過ごせたらいいのに。

自分の望みが勝手にエスカレートしていっているのが空恐ろしい。ちょっと前までは、生まれ変わるならこの家のお鍋でいいとさえ思っていたのに。

しばらくして、いったん絵筆を置いた歩太さんが湯呑みを手に取った。中が空になっていたことに気づき、手を止める。

「熱いのと淹れ替える？」

訊きながらすでに立ちあがりかけているあたしを見て、彼は、ちょっと困ったような顔で微笑した。

「いいんだよ。そんなに気を遣わなくたって」

「ううん。あたしもちょうど飲みたかったし」

「じゃ、もらおうかな。でも、お茶っ葉はそのままで充分だからね」

「はい」

お湯を沸かし、二煎目だから今度は熱いのをそのまま注いで持っていくと、

「ありがとう」

歩太さんは律儀に言って受け取り、ひと口啜ってから、開け放した縁側の先、桜の樹のほうを眺めやった。

キャンバスの風景画は八割がた仕上がってきたようだ。そんなふうに雲間から射す光の束を、西洋では〈天使の梯子〉と呼ぶのだと教えてくれたのも彼だった。

ふと頭に浮かんだことを、あたしはそのまま訊いてみた。

「人の絵は、描かないの？」

歩太さんは、なぜかすぐには答えなかった。庭へと視線を投げたまま黙っていたかと思うと、とてもゆっくりと首を巡らせてあたしを見た。

「人物画は苦手なんだ」

ふうん、と何にも気づかなかったふりで答えながら、あたしの心臓は不穏にばくばくしていた。

何だったんだろう、今の間は。もしかして、訊いてはいけないことを口にしてしまったのかもしれない。

だって、前にこの部屋で見つけて何の気なしにめくってみた古いクロッキー帳には、女のひとをデッサンした絵がびっしりと描かれていたのだ。苦手だなんてとんでもない、ものすごく上手な絵ばかりだった。おまけにそのモデルの女のひとは、夏姫さんと双子みたいによく似ていた。一瞬夏姫さんかと思って、鼻の上にいちいちそばかすが描かれていたからそうじゃないらしいとわかったけど、でなければほんとに間違えそうになるくらいだった。

「時間、大丈夫？」

はっとなる。遠回しに帰れと言われたのかと思ったのだけれど、

「明日、またおいで」

そう言ってもらって、泣きたくなるほど嬉しかった。

あたしはここへ、まだ来てもかまわないんだ。圧倒的な幸福感に包まれて、胸がきゅうきゅう鳴くのをこらえながら玄関を出る。

バス停へ向かって歩きだしたところへ、ポケットの中でヴヴ、と携帯が振動した。開けてみて、あたしはそのまま固まった。

タクヤからのメールだった。

〈猫の首って、すげえ細っこいのな〉

†

いつだったか、父さんに閉じこめられた部屋で読んだミステリーを思い浮かべる。

〈事件が実際に起きてからでないと介入できないなんて、おかしいですよ！〉

そんなセリフがあった。そう、おかしいには違いないけど、その小説の中では結局事件が起き、警察が駆けつけた時には手遅れだったのだ。たしか、ストーカーによる犯罪だった。

小説は作りごとだけど、少なくとも、今の段階で警察に駆け込んだってどうせ無駄だということはあたしにもわかっていた。

タクヤの脅しは、再びエスカレートしてきていた。あたしが彼の悪だくみに協力すると言わないものだから苛立つらしい。仲間を集めてあの男をボコボコにしてやるとか、あいつがじつはロリコンだという噂《うわさ》をばらまくとか、日によって違うことを書いてくる。まるで一貫性がない。

そんなことをしたって一文の得にもならないのだし、タクヤも意味のない面倒は避けるだろうと思って無視していたら、

〈おまえらの留守中に忍び込んで、あの猫をひねり殺してやろうか〉

そんな文面が届いてさすがに恐ろしくなった。

メールは、いざという時のために全部保存してあるけれど、それもこれも何かが起こってからじゃ間に合わない。タクヤは、やる気になったらやるだろう。公園の森でザボンを苛《いじ》めたあの男の子と違って、こっそり確実に猫を殺すくらい、わけもないだろう。もしかすると、意味があるかどうかなんて関係ないのかもしれない。自分の言うことを

きかない女に身の程をわきまえさせるためなら、あいつは何でもするのかも……。考えるだけで胃がせり上がってくる。

歩太さんは古くからあそこに住んでいる。一度建て替えているとはいえ、おじいさんの代からの思い出が詰まった大事な家だ。それなのに近所に変な噂を流されたら、どんなに住みにくくなることだろう。確かな証拠どころか、根も葉もない噂であっても、人は、危ない話のほうを恐れ、卑しい話のほうを信じる。あたしと知り合ってしまったことで歩太さんに迷惑がかかるのは、絶対に、ぜったいにいやだった。

どうすればいいんだろう。歩太さんに何もかも打ち明けたほうがいいんだろうか。だけどあたしは、彼にだけは知られたくなかった。タクヤみたいなあんなどうしようもない男とずっとセックスしていたなんてこと……あたしが、やっぱり見た目どおりの汚くていやらしい存在に過ぎないってことを、できることならこの先も永遠に知られたくなかった。

どうすればいいのか、本当はわかっている。もうこれっきり、あの家へ行かなければいいのだ。歩太さんたちともザボンともこの先二度と会わないようにすれば、タクヤのあたしへの脅しは意味がなくなる。わかっているのに、どうしてできないんだろう。

週末は、金曜、土曜と風邪《かぜ》をひいてしまって、父さんの食事を作る以外はほとんどべッドから起きあがれなかった。

歩太さんに無駄な心配をかけるのはいやだから、ちょっと用事があって行けないと伝えてあったけど、じっとしていたら何だかじわじわと心配になり、あたしはゆうべ遅くにメールで訊いてみた。

〈ザボンは元気にしてますか？〉

二分も待たずに、歩太さんから返事が届いた。

〈テレビの前でのんきに腹出して寝てるよ。茉莉は？〉

茉莉は？　のところを、じっと見つめた。

両手で携帯を包みこみ、自分の名前の漢字がまるで見覚えのないもののように思えてくるくらいの間、ひたすら画面を見つめ続けた。

――茉莉は？

〈あたしは、おなか出して寝たりしないから〉

ようやくそう書いて送ると、またすぐ返事が届いた。

〈違うって。茉莉は元気にしてる？〉

笑みを含んだ彼の声が聞こえるようだった。

元気なんかじゃないよ。今もまだ体がだるいし、頭も重いし、ほんとはタクヤのことも父さんのことも何もかも洗いざらい打ち明けて、歩太さんにしがみついてわんわん泣きたいよ。

うっかり弱音を吐いてしまわないうちに、急いで書き送った。

〈元気です。明日、お昼過ぎにちょっとだけ覗きに行ってもいいですか?〉

〈もちろん〉

素っ気ないほど短いのにどこまでも確かな返事を、あたしは宝物みたいに抱きしめて眠った。

翌日の日曜日は、いつものように父さんがどこかへ出かけていくのを待って、この二日間溜めてしまった洗濯をし、流しの洗いものをし、身支度をした。バスじゃなく自転車を選んだのは、少し汗をかくくらいのほうがだるさも早く抜ける気がしたからだ。

長いこと自転車置き場にほうりっぱなしだったのを引っぱり出して、タイヤにしゅこしゅこ空気を入れながら見あげると、マンション前の、というか公園の端の八重桜の木が、青々とした硬そうな葉を茂らせていた。陽射しが強い。まだ七月にもならないけど、今日はずいぶんと蒸し暑くなりそうだ。

初めて歩太さんと話した日のことを思いだす。ふつうの桜と入れ替わりに八重桜がようやく咲き始めていて、あたしはお気に入りのチェックのネルシャツを着ていた。

あの日、ザボンが襲われて怪我をしなかったら、あたしと歩太さんはたぶんいまだに知らない者同士だったろうし、そうしたらあたしは今もずっと、彼のことを近寄らないでおくに越したことはない変人だと思いこんでいただろう。人の縁って、ほんとに不思議だ。

久しぶりの自転車は、なんだか新鮮だった。こんなに気持ちよかったっけ、とちょっと感動しながら、ペダルを思いきり強く踏みこむ。

風が、髪の一本一本までをばらばらにする。薄手の半袖シャツの背中が風船みたいにふくらみ、汗ばむ肌をすぐに乾かしてしまう。

富士街道を渡って、バス通りを大泉方面へ向かって、学芸大附属の角を曲がって、もうすっかり日に馴染んだ路地へと入っていく。塀の際ぎりぎりに自転車を停め、いつものように木戸を開けて入っていった。苔むした庭の飛び石を踏んで、明るいほうへ、縁側のほうへ――。

と、飛び石をあと二つ残したところで、先客がいることに気づいて足を止めた。

誰だろう？　後ろ姿を見る限り、あたしより小さい男の子だ。庭先に立ち、縁側に向かってかがみこんでいる。野球帽にジーンズ、長袖のトレーナー。

……長袖？　この暑い日に、長袖？

息を、呑んだ。

あの男の子だ。ザボンをつかまえて尖った木の枝で怪我をさせ、助けようとしたあたしをくそばばあ呼ばわりして、

〈どけよ、そこ。まだ終わってないんだから〉

そう言い放ったあいつだ。

体が勝手にぶるぶる震えだした。どうしてあいつがここに？　と思ったとたん、彼が一歩横に動いて、その向こうの縁側にうずくまる猫の姿が見えた。

とっさに叫んでいた。

「やめて！」

走り寄り、男の子を突き飛ばす。よろけた彼は縁側の柱につかまって体勢を立て直すと、びっくりした顔であたしをふり返った。

ザボンが驚いて部屋の中へ走りこむ。今の今まで、男の子はかがみこんで、あたしの猫をいじくり回していたのだ。

「なんでいるの？　どっから入ったの？　また苛めたりしたら、今度こそただじゃすまさないってあれほど、」

「茉莉」

はっとなって目を上げる。

部屋の奥に歩太さんが立って、こっちを見ていた。

「違うんだ。今朝、公園で会って、俺が連れてきたんだ」

「ど……どうして？」

信じられない。なんでこんな子を。

「そいつが、猫に謝りたいって言うから」

「そんなの嘘にきまってる！」

「まあ、そう言うなって。あれからも何度か会ってはいたんだけどな。そいつなりに、あの日のことは本気で反省してるみたいだぞ」

そう言われても、とうてい信じる気になれずに睨んでやると、男の子は気まずそうな仏頂面で目をそらした。どうやったらそんな憎たらしい顔ができるんだろう。

「何よ、その態度。謝りたいなんて嘘でしょ、絶対」

「……べつにお前に謝りに来たんじゃねえもん、くそばばあ」

「はああ？」

「こらこらこらこら」

歩太さんがあきれながら縁側に出てきて、柱によりかかっている男の子の頭をがっしり押さえた。叩かれると思ったのか、男の子がびくっと首をすくめる。

「なんでそうやって、自分から嫌われようとするかな、お前は」

頭を押さえられたまま、男の子がうつむく。

「先回りしてさっさと嫌われておいたほうが楽だからか、うん？」

ぎょっとなって、歩太さんを見やった。自分のことを言われているようだった。わざとあたしに聞かせているのかと思ったけれど、歩太さんは、うつむいている男の子のことしか見ていない。

「とにかく、入れって」

手を放して、歩太さんは言った。

「茉莉も、ほら、上がっておいで。さっき夏姫から電話があって、あいつももうすぐ来るそうだから。そしたら昼飯にしよう」

男の子は仏頂面のまま、それでも言われたとおり運動靴を脱いだ。あたしのほうは見向きもせずに、のしのしと遠慮なく奥へと入っていく。

ハの字に脱ぎ捨てられた汚い運動靴を見おろしたまま、あたしはしばらくの間、動けずにいた。陽は少しも陰っていないのに、なんだか急に汗が冷えた気がした。


「休みの日にお天気がいいと、それだけで一日幸せよね」

やがてやってきた夏姫さんは、庭先で大きく深呼吸してそう言った。男の子がまたあの仏頂面で睨みつけてもびくともしないあたり、さすが、もと先生という感じだった。

勤めていた高校を辞めたあと、幾つかの仕事を転々とした夏姫さんが画廊のスタッフに落ち着いたのは、二年ほど前かららしい。歩太さんの絵を持ちこんだのが縁で働くようになったのだそうだ。

「もう、簡単には辞めないわよ。お休みが不定期なのだけがちょっと難だけど、このご時世にそんな贅沢《ぜいたく》言ってたら罰が当たるものね。今日は、久しぶりの日曜休みなの」

せっかくのそのお休みに恋人の慎一さんが一緒じゃないのは、いま働いている美容室が火曜しか休みじゃないからだ。お店ではまだシャンプーとか髪を巻く手伝いしかさせてもらってないけれど、一応の技術はすでに身につけているので、夏姫さんや歩太さんはときどき彼に切ってもらっているという。

「茉莉ちゃんも、よかったらいつでもどうぞ」

と夏姫さんは言った。

「彼の育った家はね、もともと床屋さんと美容室が一緒になったお店だったの。おじいさんが床屋さんで、おばあさんが美容師さん。どちらももう亡くなってしまわれたけど、彼としてはいつか、もう一度そのお店を美容室にしたいっていう夢があってね。看板はもちろんのこと、外壁や内装なんかを歩太くんに頼めたら……なーんて、二人でよく話すの。いつのことになるかはわからないけど、まあほら、夢を見るのはただだもの」

そんな話をしている間、例の男の子は部屋の隅でこちらに背を向け、おっかなびっくりの手つきでザボンを撫でていた。横目でそれを監視しながら、あたしは、いつ彼がまた酷いことをするかと思うと気が気じゃなかった。

彼の名前は、マサルといった。小学校の四年生だった。

なんでも今朝、石神井池へデッサンに出かけた歩太さんのところへ、まるで待ち構えていたかのように近づいてくると、

〈あの猫、どうしてる?〉

今と同じ、ぶすっとした顔で訊いたそうだ。

そこまでなら、まだわかる。だけど、

〈気になるなら見に来れば?〉

そう答える歩太さんの神経がわからない。

どうしてわざわざこの家にまで、と思う。あたしの家じゃないんだから文句を言う権利なんかないのに、たったひとつの聖域を土足で穢《けが》された思いに、おなかの底がぐらぐら煮える。

ザボンはといえば、あんなに酷く苛められたくせに、マサルのことを怖がる様子もなかった。それどころか、撫でてもらうと気持ちいいのか喉まで鳴らす始末だった。場所も違うし、ここは安全だし、そもそもあの時の子どもだとはわかっていないのだろうけど、あたしはなんだかザボンにまで裏切られた気分だった。

「歩太くんて、昔からああいう子に妙に懐かれるのよねえ」

夏姫さんは小声で言って笑った。

「決して、誰にでも優しいってわけじゃないのよ。ただ、どういうわけか彼って、ぎり

ぎりのSOSを発してる相手を見逃さないっていうか……」

言われてあたしは、ふっと思いだした。前に歩太さんが、あたしとザボンのことを、

〈一匹も二匹もおんなじようなもんだから〉

冗談めかしてそう言ったことがある。あの時はあんなにほっとして嬉しかったのに、もしかしてこの子まで同列なのかと思ったら、怒りで頭の中が黄色くなった。嫉妬で、だったかもしれない。

台所からミートソースの匂いが漂ってくる。歩太さんがパスタを作ってくれているのだ。

ザボンから目を離すのは心配だったけど、夏姫さんに後を頼んで、あたしは手伝いに立った。何でもいいからマサルなんかにはできないことをしていないと落ち着かなかった。

「お、ちょうどいいとこへ来た」

人数分のお皿にパスタを分けていた歩太さんが目を細める。

「この上に、ソースをかけてってくれる？」

「お鍋の全部、かけちゃっていいの？」

「うん。熱いから気をつけて」

サラダを盛りつけ始めた歩太さんの後ろで、あたしはミートソースの入った片手鍋と

お玉を手に取った。

パスタと、サラダと、スープのマグカップと、水とグラス。二人がかりで運んでいくと、夏姫さんがマサルを手招きした。長方形のお膳の上にそれぞれの分を並べる。庭を背にして、夏姫さんとマサル、向かいに歩太さんとあたし。

「いただきます」

あたしたちの声は揃ったのに、一人だけが無言なのに気づいて、夏姫さんが隣からその顔を覗きこむ。マサルは口の中でもごもごと、いただきます、と言った。

食欲なんかないと思っていたけれど、いい匂いの湯気を吸いこんだらおなかがぐうっと鳴った。考えてみたら、朝は早く家を出たくて気が急《せ》いて、家事はしたけど食事はしなかったのだ。

つやつやのパスタに、挽肉《ひきにく》たっぷりのミートソースをからめ、フォークに巻きつけて口へ運ぶ。うん、今日のはちょうどいい。

「おいしい」

と声に出したとたんに、マサルがフォークを放りだすようにして叫んだ。

「辛っ！」

同時に、歩太さんと夏姫さんまでがフォークを置き、口を押さえてグラスに手をのばす。

「何これ、しょっぺえよ！　こんなの食えねえよ！」

　およそ遠慮なく、マサルが大声をはりあげる。口の中のものを水で飲み下した夏姫さんが、顔をしかめて言った。

「ごめん、歩太くん、ほんとにしょっぱい」

「わかってる。なんでだ」

「味見した？」

「したよ」

「お塩、三回くらい入れたんじゃないの？」

　どうしよう。どうしてこれがしょっぱいんだろう。

　あたしは、急いで言った。

「ごめんなさい、あたしが……」

「え？」

「最後に、勝手にちょっとお塩を足しちゃって」

　夏姫さんがまじまじとあたしを見た。

「でもこれ、『ちょっと』じゃない感じだよ？」

「ごめんなさい」

「ううん違うの、責めてるんじゃなくて……。うん？　そういえば今、これのこと『おいしい』って言った？」

「あの……おいしく、ないですか？」

うそ、と夏姫さんが呟《つぶや》く。

「茉莉ちゃん。もしかして、これくらいがちょうどいいの？　ぜんぜん塩辛くない？」

嘘をつくわけにもいかない。

あたしは、迷いながらも頷いた。

夏姫さんが、テーブルの向かいの歩太さんと目を見合わせた。

自転車で来て、よかった。おかげで帰りがけに大泉学園駅の商店街まで足をのばすことができた。

大きな薬局で、誰にも訊かずに棚を探しあて、〈亜鉛〉のサプリを買った。

〈効果があるらしいよ〉

と、夏姫さんがさっそくネットで調べて教えてくれたのだった。

あのあと、歩太さんはもう一度お湯を沸かし、ベーコンときのこのガーリック・パスタを作って出してくれた。今度はマサルも黙って食べ、またザボンを触ると、しばらくして帰っていった。

味のしないパスタを、あたしは何とか胃袋におさめた。さっきまであんなにおなかがすいていたはずなのに味がしなくなったのは、塩気が薄いからだけじゃなかったと思う。あたし以外の誰も食べられないほど塩辛いミートソースのからまったパスタは、処分するより他にどうしようもなかった。

〈できれば、お医者さんにちゃんと相談したほうがいいよ〉

と、歩太さんは言った。

〈ストレス性のものが多いっていっても、他にも何か原因があるかもしれないんだからね〉

あたしは頷いた。

ごめんなさい、と何度目かで口にすると、夏姫さんが首を横にふった。

〈謝ることなんかないってば。茉莉ちゃんは何も悪くない〉

もし心配なこととかあったら、私にでも歩太くんにでも相談してみてね、と言って、夏姫さんは別れ際にあたしをハグしてくれた。

家に帰り着き、冷蔵庫からコーラを出し、買ってきた亜鉛のカプセルを流しこんだ。

――ストレス性の味覚障害。

ネットを検索して調べてくれた歩太さんが、その病名を口にした時は、あまりにも心当たりがありすぎて思わず笑いだしてしまいそうだった。

いつものように父さんの食事を作る。どうせ食べてくれないことくらいわかっているし、もう慣れてしまってふだんなら苦にもならないはずなのに、今日だけはそのことが妙にこたえた。わざわざ波打ち際を選んで砂のお城を作っているみたいだと思った。

　味付けを控えなきゃとは思うのだけれど、どれくらい控えていいものかさっぱりわからなくて、久しぶりに料理のレシピ本を開き、きっちり分量どおりに作る。鶏肉とこんにゃくの炒《い》り煮、アスパラのサラダ、大根と油揚げのお味噌汁。へたに味見なんかするとよけいなことをしたくなるにきまっているので、そのまま皿に盛りつけ、ラップをした。

　もしかして、と思ってみる。

　父さんは、あたしの作る料理がどれも塩辛いから食べてくれないんだろうか。

でも、すぐに打ち消した。違うのだ、そういうことじゃない。あの人は、ただ単にあたしの作ったものに箸を付けたくないだけだ。娘の味付けがいつからかどうしようもなく塩辛くなったことにさえ気づいていない。何の関係もない人たちでさえ、あんなに心配して気遣ってくれるというのに。

　父さんが帰ってくるまでにはまだ間がありそうだったので、あたしはリビングのテレビをつけ、ぼんやりと眺めた。勧善懲悪の時代劇なのに、なぜだか今日に限ってストーリーが頭に入ってこない。登場人物たちの言っていることが理解できない。なんでその程度のことに怒ってるんだろうとか、どうしてそこで笑うんだろうとか、よけいなことを考えているうちに一時間が終わってしまった。

あんなに物事が都合良く運ぶわけがないじゃないか、と思う。

少なくともあたしの日常はそうじゃない。

†

「あのさ、俺だってツライのよ?」

と、タクヤは言った。

唇の端に太いストローをくわえてストロベリー・シェイクをすする。冷たいのが奥歯にしみたのか、大げさに顔をしかめている。

「自分の女をみすみす危ない目に遭わせるなんてさ、男としてこんなツライことはないのよ。だけど、しょうがないじゃん? 他に方法がないんだから」

口調がへんに優しげなのが、凄まれるよりいっそう怖い。

池袋西口、いつものバーガーショップの奥まった席だった。あたしがポテトにケチャップをかけなかったのを見て、タクヤは満足げに「よしよし」と言った。この間はそれが原因で彼の機嫌が悪くなったので、今日はあたしが遠慮したと思ったらしい。

顔を合わせるのはずいぶん久しぶりだった。あたしがずっと避けていたから、たぶんもう二週間ぶりくらい。

その間、歩太さんたちとばかり会っていたせいだろう、タクヤの顔がいっそう下卑《げび》たものに見える。以前はやんちゃでそこそこ愛嬌《あいきよう》のある顔に思えていたのに、よく見たらただ単に品が無くて狡《ずる》そうなだけだ。目もとは荒み、曲がった鼻筋は根性をそのまま表しているかのようで、口もとはだらしない。生まれもっての顔立ちじゃなく顔付き、表情の問題なのだと思った。まっとうな心根を持った人は、こんな卑しい顔はしない。ひと目見ればわかるはずのそんな当たり前のことに、いま初めて思い至った自分にあきれる。

呼び出しは、脅迫も同じだった。

〈言ってなかったっけ。俺、お前のヤバい写真、いっぱい撮って持ってるんだよね〉

まるっきり嘘かもしれない。でも、じゃあ証拠を見せてと言って聞いてくれる相手ではない。

もしも彼の言うことが本当で、寝ている間に恥ずかしい姿を撮られたりしていて、それをたとえば、ある日それがプリントアウトされて歩太さんの家のポストにひらりと入っていたりしたら……。

そう思うだけで、

〈わかったから〉

と答えるしかなかった。

〈どこへ行けばいいの〉

と。

でも、いざ顔を合わせたタクヤが当たり前のように命じたことは、あたしの許容範囲をはるかに超えていた。

「それって……」

押し殺す声が震える。

「つまり、知らない男とセックスしろってこと？」

平日の昼下がり、店内にいるのは学生のカップルや、外回りの間に休憩しているサラリーマン、そのほかは子ども連れのお母さんたち——みんな日常に倦《う》んでいて、でも平和そうだ。そういう人たちに囲まれているおかげで、タクヤの話にも、自分の言葉にも、ぜんぜん現実味がない。

「そりゃあ、お前がそこまでしてくれるんならそのほうがいいけどさ。それがいやなら、」

「当たり前でしょ」

「待てって。もしそれがいやなら、」

「いやだよ」

「いいから聞けって、その場合は、」

「絶対、ぜったい、やらないからね」

「るっせえな、お前！」

今日初めてタクヤが声を荒らげた。

「黙って聞けよ、このブス」

あたしは、口をつぐんだ。

「もしもお前が、そういうのはいやだってどこまでも言い張るんなら、俺だってまあ、あれよ。まるきり鬼ってわけじゃねえからさ。ちょっとぐらいは譲ってやらなくもねえかなって」

「……どういうこと？」

吸っていた煙草の煙を、タクヤがわざとあたしの顔に吹きかける。

「お前はさ、カモにしたオヤジをラブホへ誘うだけでいいよ。本番までいく前に、俺が途中で助けに入ってやるから」

「どうやって」

「ラブホの入口くぐったあたりで声かけりゃいいんだよ。『おじさん、おじさん、どこ行くの？』って。『これから何するつもりなの？　その子のほんとの歳、知ってます？』みたいなさ」

童謡でも歌うかのような愉しげな口調だった。

「そうやってまた、お金を巻きあげるつもり？」

「はは、当然でしょ。未成年のさ、それもまだ十四歳の子どもを相手にさ、ええと、何てえの？　インコーってえの？　そういう悪いことしようとしたからには、ちゃあんと罰を受けてもらわないとさ。言ってみりゃ俺は、正義の味方ってわけよ」

――ダロ？

わざと巻き舌で言って笑うタクヤを、あたしは茫然と見つめた。

あんたこそ、あたしの本当の歳を知ってからもさんざん酷い仕打ちをしてきたくせに、全部棚に上げてよくも言えるものだと思った。どれだけ聞いても、実感が伴わない。自分がぺらぺらの紙人形にでもなった気がする。

気がつくとあたしは、ゆっくりと首を横にふっていた。

「無理」

「おい」

「ぜったい無理だから」

「まあ、そう急ぐなって。たいしたことじゃねえだろ、ほら、例のチョータツよ。いつも俺がやってることと全然変わんないじゃん。お前だって、これまでその金でさんざん肉とか食ったろ？」

立ちあがろうと腰を浮かせたら、テーブル越しに腕をつかまれた。

「おい」下からタクヤがあたしを睨《ね》めつける。「誰が帰っていいっつった？」

「知らないよ。痛いよ、放してったら」

「座れ」

「大声出すよ」

「出してみろよ」

あたしは息を吸いこんだ。

とたんに、目の前に携帯画面を突きつけられた。前もって用意してあったのだろう、タクヤの携帯に表示されたその画像を見るなり、吸いこんだあたしの息がそのまま止まる。

「考え直す気になったかよ」

「…………」

「ほら、座れって」

それでも動けずにいると、タクヤがあたしの腕をぐいっと下に引き、強引に座らせた。

頭の中が真っ白になるとはこういうことなのかと、ぼんやり思った。

（何……今の）

あたしは、手を伸ばした。自分で見てもおかしいくらい、その手が震えている。

「見せて。もう一回」

「はいはい、何回でもどうぞ」

満足げな、ひどく残忍な声で、タクヤは携帯をあたしに渡してよこした。

「言っとくけどさ、それ一枚消したからって無駄だかんね。ちゃんと別のとこにも保存してあっから」

彼の声が、水の膜を通したように遠い。あたしは、うつむいて画像を凝視した。

古い家の縁側で、大柄な男の人が女の子に覆いかぶさっている。

男の人は、歩太さん。のしかかられているのは、あたし。

あの日穿いていた短パンが、かがみこむ歩太さんの体に隠れて写っていないせいで、突き出たあたしの脚がものすごく生々しく、いやらしく見える。まるで下半身に何も着けていないみたいに。

もちろん、あたしたちは二人とも知っている。歩太さんは縁側で居眠りしてしまったあたしを抱き起こして、日に灼けるからと部屋の奥の日陰に運ぼうとしただけだ。膝の裏側に彼の腕がさし入れられているのだって、あたしの腕が彼の首に回されているのだって、そのためでしかない。

だけど、撮影されたアングルが最悪だった。知らない人が見たら、十人のうちおそらく十人ともが、歩太さんが半裸のあたしと抱き合って何かよこしまなことをしていると思ってしまうだろう。未成年の——それもまだ十四歳の子どもでしかない、あたしと。

「もういい？」

タクヤの声に我に返った。いったいどれだけの間、茫然と見入っていたのだろう。

あたしから携帯を取り返すと、タクヤは淡々と言った。

「ま、そういうことだからさ。次に俺が呼び出したら、まさか無視はしねえよな。そのへん、よろしく」

今度はタクヤが先に立ちあがる。

「来いよ、ほら」

「……やだ」

「やだ、じゃねんだよ。俺んちに帰って、ヤるんだよ」

「いや」

「だから、お前に拒否権はないんだっつうの。いいかげんにわかれよ、頭の悪い女だな」

自業自得だろ、と彼は言った。

「お前のせいで、二週間ぶん溜まってんだかんな」

うつむくあたしの頭の上で、ずぞぞぞ、とストロベリー・シェイクを啜る音がした。

†

歩太さんの家に行かないまま、何日もが過ぎた。

一度、メールがあった。病気でもしているんじゃないかと心配してくれた歩太さんは、あたしがただ家のことや何かで忙しいだけだからと返信すると、安心したみたいだった。

〈気が向いたら、またいつでもおいで〉

そう書かれたメールを、あたしは消そうとして消せなかった。

歩太さんに合わせる顔なんかない。小さい頃から「いやらしい」「汚《けが》らわしい」と言われ続けて育ったけれど、今となっては本当にもう、あのひとの前に出られるようなあたしじゃなくなってしまった。だったら、こんなメール、残しておいても苦しいだけだ。そう思うのに、どうしても削除することができないのはなぜなんだろう。

まるで、お釈迦《しやか》様がたらす蜘蛛《くも》の糸みたいだった。あたしには永遠につかまることのできない糸だとわかっていても、それが胸の奥のほうできらきらと細く輝いているのを感じるだけで、ほんのわずかなりとも救われる気がするのだ。

もともと、あたしなんかが知り合えるようなひとじゃなかったんだ、と思ってみる。本来あたしが属しているのは、父さんだとか亡くなったおばあちゃんだとかあるいは夕クヤだとか、つまり自分以外の誰かを幸せにしようだなんて考えたこともない人たちが支配している世界であって、歩太さんや夏姫さんのようなまっとうな人たちと知り合えたのは、たまたま時空が歪んだ拍子のハプニングみたいなものでしかない。

失ったんじゃなくて、元に戻っただけ。あきらめるのは昔から得意だったはずだ。


「明日、北口に四時だからな」

終わったあと、布団に座って服を着ているあたしの背中にタクヤは言った。命令しながらも御機嫌を取るような、粘着質の声だった。

「遅れるなよ。あと、今度はもっと短いスカートで来いよな。いかにもちょっと声かけたらすぐヤれそうな感じのやつ。まあさ、お前なんか黙って立ってるだけでエロいから、いいっちゃいいんだけどさ。実際、こないだもあっという間にアホなオヤジが引っかかったもんな」

一つひとつボタンを留めながら返事をせずにいたら、後ろから腰のあたりを踵《かかと》でぐいっと押すように蹴られた。

「おい、こら。まさか、もうやめたいとか言うんじゃねえだろうな」

「やめたいよ」

「あの絵描きと猫がどうなってもいいのかよ」

「……だから」

「ああ？」

「やめたいけど、やめるとは言ってないでしょ」

めちゃくちゃいやだけど、と口の中で付け足す。

「うるせえよ。お前に選ぶ権利なんかねえんだよ」

見なくたってわかる。タクヤは今、ものすごく下卑た顔でにやにや笑ってる。それを見たくなくて、あたしはふり返らなかった。

タクヤが少ない脳味噌で考えた計画を、あたしはもうすでに一度、実行に移していた。池袋駅の北口には、タクヤによると〈西口や東口より安い、ヤるだけのラブホ〉が集まっている。そういうところに網を張ったほうが、〈チョロそうなオヤジ〉が引っかかりやすいと言うのだった。

そんなに簡単にいくものかと思ったのに、幸か不幸か、予想ははずれた。夏の日が少し傾きかけた土曜の午後遅く、彼の命令で薄く化粧をしたあたしがわざと退屈そうに裏通りをぐるぐる歩いていると、五分もしないうちに男の人が声をかけてきた。

最初の人は、派手な色柄のシャツを着てガムをくちゃくちゃ噛《か》んでいた。タクヤが避けろと言ったタイプだと判断して、その人の誘いは無視した。二人目は、身なりがどことなく不潔でお金を持っていなさそうだったから、これも無視した。三人目でようやく、あたしは足を止めた。ポロシャツとチノパンといった服装で、さすがにサラリーマンには見えないけど特に遊び人といったふうでもない、むしろ真面目そうな感じの人だった。

〈一人？〉

訊かれて、

〈二人に見える？〉

訊き返したら、その人は曖昧《あいまい》な笑いを浮かべた。どう出ればいいのか戸惑っているふうだった。

いやだけど、ほんとうにたまらなくいやだったけど、ここでこの人を逃すと、また物欲しそうに通りを歩き続けなくちゃいけない。それだけならまだしも、何とかして今日の〈チョータツ〉を済ませない限り、あたしはタクヤから——通りの向こうでじっと監視している彼からいつまでたっても逃れられない。

彼の機嫌を損ねるのが何より怖かった。どうしても守りたいものの存在は、人を強くもする反面、限りなく弱くする。

相手に誘われるまま、とりあえず古い喫茶店についていった。何も飲みたくなかったけど、そういうわけにもいかなくて紅茶を頼んだら、その人は勝手にケーキまで追加してくれた。自分はコーヒーだけだった。

いつにも増して味のしないケーキをあたしがどうにか食べ終わるのを見計らって、その人はようやくおずおずと切りだした。

〈どうしようか、これから。どこか行きたいとこある?〉

〈べつに〉

〈映画とか?　それともゲーセンとかがいいのかな〉

こういうことにはあまり慣れていない様子だった。タクヤの計画のためには好都合だけれど、そのかわり、こちらが積極的に出ないと事が進まない。

ぐずぐずと無駄な時間を費やすのがいやで、あたしは、思いきって高いところから飛び降りた。

〈べつにどこでもいいけど……おじさんは、あれでしょ。要するに、あたしとしたいんでしょ?〉

心臓はばくばく鳴っていたけれど、ポーカーフェースは崩さずに済んだ。

〈あ、いや、そういうつもりで誘ったわけじゃ……〉

〈でも、今はそうなんでしょ〉

相手がどぎまぎと黙る。

〈いいよ〉

〈えっ〉

〈ケーキまで御馳走《ちそう》になっちゃったし。そういうとこ、行こうよ〉

向かいに座る男の喉仏が、おかしいくらい大きく上下した。

今思うと、きっとそんなに悪い人じゃなかったんだと思う。少なくともその人は、タクヤみたいに他人を陥れて騙《だま》そうとはしなかった。ただ心弱くて、自分の欲望に引きずられてしまっただけだった。

〈こんなところでごめんね〉

律儀に謝りながら、あたしの肩を抱いてラブホテルに連れこもうとした男は、安普請《やすぶしん》の門柱が一対建てられた入口をくぐろうとしたところで、携帯のシャッター音にギョッとふり向いた。

その後のことは、わからない。あたしはタクヤに言われていたとおり、入れ替わりにすぐその場を離れたから。

でも、十分くらいたって合流したタクヤは、薬でもキメたんじゃないかというくらいハイテンションだった。

〈思ってたよかずっと持ってやがったよ〉

欲しかったおもちゃを買ってもらった子どもみたいにうきうきと、タクヤは満面の笑みで言った。

〈お前、オトコ見る目あンなあ。なに、なんであのオトコ選んだの？　あいつなら金持ってそうだと思ったの？〉

〈べつに〉と、あたしは言った。〈もう、めんどくさかっただけ〉

〈嘘だろ、おい。こっちの才能があるんじゃねえの？　え？〉

初仕事が成功した祝いに何でも奢《おご》ってやるよ、という彼の腕をふりほどいて歩きだすと、後ろから上機嫌の声が追いかけてきた。

〈また頼むかんな！〉

味のないケーキの生クリームが、まるで蠟《ろう》でも塗ったみたいに上顎にこびりついている気がした。

――明日、北口に四時。

また同じことをしなくちゃならないのかと思うだけで、あの蠟の感触が口の中によみがえって吐きそうになる。シャツのボタンを全部留め終えてから、畳の上で裏返っているデニムに手を伸ばそうとしたら、反対の腕を引っぱられた。布団の上に引き倒され、のしかかられる。

「誰が勝手に帰っていいっつったよ」

タクヤは目尻に皺《しわ》を寄せて言った。

「だって、もう時間が」

「いいじゃんか、ちょっとぐらい。お前の親父だって、腹が減りゃ自分で適当に何か食うって」

そんなことない。父さんは最近、何だか様子がおかしい。ますますおかしい、と言ったほうがいいのかもしれないけど。

帰ってくる時間がやたらと早いこともあるし、逆に遅くなることもあって、結構な頻度で酔っぱらっている。部屋に閉じこめられていてもわかるのだ。酔っている人のたてる物音はやたらと大きい。

でも、いちばん大きな変化は、洗濯ものを出さなくなったことだった。少し前までは、お風呂に入る時に脱いだものが洗濯かごの中にほうりこまれていたのに、最近は下着や靴下でさえ入っていたためしがない。そもそも、家でお風呂に入った形跡がないのだ。

会社の帰りにサウナかどこかにでも寄って、洗濯も自分でしているとか？　まさかとは思うけど、もしそうだとしたら、あたしのすることが、というかあたしの存在が、それほどまでに受け容れがたいってことなんだろうか。

「なあってば」

タクヤが、上の空のあたしを苛立たしげに揺さぶる。

「なあ、もう一回やらせろよ」

「は？　何言ってんの？」

耳を疑った。もう二回もしたくせに、なんでそんなにバカみたいに元気なんだろう。

「しないったら、もう」

あたしを使ってお金を都合し始めてからというもの、タクヤの欲求はぐんと増した気がする。見知らぬ男への嫉妬がスパイスになってるとか、そんな上等なものじゃない。あたしを所有し支配しているという感覚に、勝手に興奮しているだけだ。

つかまれた手首をふりほどこうと、あたしはもがいた。

「やだ。絶対いや。帰る」

「お前、わかってねえなあ」

へんに優しい笑みを浮かべてタクヤは言った。

「絶対いや、とか言われると男はますますヤりたくなんの。試しに『もっとしてしてぇー』って泣いてすがってみな。やめる気になるかもしんねえぞ」

真上にある顔を睨みあげる。

「……あんたなんかに、誰が言うもんか、そんなこと」

とたんにタクヤが真顔になった。のっぺらぼうみたいに表情が失われて、怖い、と思った次の瞬間、むしり取るような勢いでシャツの裾をたくしあげられた。

下着が引きおろされる。脚を両側へ押し分けて、タクヤの腰が割りこむ。尖った腰骨が内ももに当たって痛い。

「いや！　やだ、お願い、やめて、やだ」

悔しいけど、懇願するしかなかった。力ではかなわない。

「ねえ、やめてったら。もう痛いよ、ねえ」

「うるせえ。黙ってろ、ブス」

同時に、タクヤの器官が無理やりねじこまれる。あたしは悲鳴をあげた。

なんで、こんなことに耐えなきゃいけないんだろう。おばあちゃんだったらこういうのも全部、お前のせいだって言うんだろうか。いくらあたしが生まれつき淫《みだ》らで汚らわしいからって、これほどの仕打ちを受けなくちゃならないようなことを何かしただろうか。

タクヤがせわしなく腰を振る。かくかくとした滑稽《こっけい》な動きがまるでシンバルを叩く猿のおもちゃみたいだ。

この男のもとで、ほんのわずかでも安らいだことがあったなんて、自分で自分が信じられなかった。ひとが痛がるのを残忍ぶって眺めている顔を見たら、こんなやつの下で意地でも泣いてやるものかと思った。

みしみし、めりめり、引き攣《つ》れる痛みに耐えながら、奥歯を噛みしめて涙と嗚咽《おえつ》をこらえる。

こらえればこらえるだけ、内臓も皮膚もどんどん干からびていく気がした。

†

歩太さんから電話がかかってきたのは、八月に入ってすぐのことだった。

メールじゃなくて電話というのは初めてだったから、いったい何が起こったのかと緊張しながら出てみると、

『こんにちは。久しぶり』

懐かしい、低い声が言った。

何もかも受けとめて赦《ゆる》してくれそうな声に、あたしは条件反射みたいに泣きたくなってしまった。電話のはじめに〈こんにちは〉なんて言う人、あたしの知り合いには他にいない。

『急に電話してごめん。今、ちょっといいかな』

「はい」

『どう、元気にしてる？』

「元気ですよ」

即答しすぎて不自然だったかと思って、急いで続ける。

「歩太さんは？」

『うん、まあ、そこそこかな。俺はまあ一応大人だからあれだけど、ザボンがね。どうも元気がないんだよね』

「うそ。どこか悪いんですか?」

『そういうわけじゃないんだけど。たぶん、寂しいんじゃないかな』

「え」

『ほら、ここしばらく茉莉の顔を見てないからさ』

猫が病気じゃないとわかって安心する一方で、そのザボンのことと〈俺は一応大人だから〉とがいったいどうつながるのかはよくわからなかった。歩太さんはときどき謎なことを言う。

『いや、電話したのは、この週末の予定を訊きたかったからなんだ。忙しそうなのはわかってるんだけど、もしちょっとでも時間が作れるようだったら、ザボンに会いに来てやってくれないかな』

土曜でも日曜でも、きみの好きな時間でかまわないから、と歩太さんは言った。

胸の奥が、軋むみたいにきゅうきゅう鳴った。あの家にはもう行けないとあれほど自分に言い聞かせていたくせに、おいでと言われたとたん、全身で喜んでしまうあたしがいる。

『どうだろう、無理そうかな』

「……いえ。大丈夫です。日曜日だったら」

つい、そう答えてしまった。

土曜日は、もうすでにタクヤに押さえられている。そのすぐ翌《あく》る日に歩太さんと顔を合わせようだなんて、あたしはどこまで恥知らずなんだろう。歩太さんとザボンをタクヤから守るためには、あたしなんかが関わらないのがいちばんいいってことくらいわかっているのに。

『よかった』

歩太さんはほっとしたように言った。

『それとさ。これは、顔を見てから言おうかとも思ったんだけど、この間のこと——料理の味付けのことね。あれは、ぜんぜん気にする必要ないからね』

「……ごめんなさい」

『いや、だからさ、きみが謝ることは何もないんだって。この間は帰る時まで沈んだ顔に見えたから、ずっと気になってたんだ。あれから、お医者とかは行ってみた？』

「いえ。まだ」

『そっか。でも、ほんとに何にも心配しなくていいから。きみがもし、何かストレスみたいなものが原因で食べものの味がわからなくなったんだとしたら、ある意味それは異常じゃなくて、とても正常なことなんじゃないかな。だって、きみの体が心に対してちゃんと反応したってことなんだからさ。だろ？』

日曜日の時間の約束をして電話を切った後、あたしは、携帯で撮ったザボンの姿を繰り返し眺めた。歩太さんの写真は、照れくさいし言い出せなくて撮らせてもらったことがないけど、ザボンのだったらもう数えきれないほどストックしてある。

〈正常なことなんじゃないかな〉

ふつうに考えればずいぶんと無茶な理屈なのに、あたしは芯から救われる思いがしていた。

〈ずっと気になってたんだ〉

お釈迦様の蜘蛛の糸どころじゃない。それよりもはるかに太くてたくましい歩太さんの腕。その腕が、タクヤとのあれこれですっかり干からびきったあたしの心臓を、汚いヘドロの底からまさにすくいあげて、きれいに洗い浄《きよ》めてくれるかのようだった。

日曜日のお昼過ぎ、あたしは久々に自転車であの家へ向かった。真夏の陽射しが強いぶんだけ木陰が気持ちよかったから、少し遠回りになるけどかまわずに、石神井の森を抜けていった。

しばらく前までは、またどこかからタクヤに見張られているんじゃないかとか、あとを尾けられているんじゃないかと気になって仕方なかったものだけれど、今はそんなでもない。あたしがおとなしく言うことを聞いて自分を差しだしている限り、タクヤは面倒くさいことはしないとわかっているからだ。そういう意味では、あたしはあたしなりに、ザボンと歩太さんを守れているのかもしれない。

家の前で自転車を停めると、とたんに汗がどっと噴きだした。苔むした庭のひんやりとした涼しさを、あたしは飛び石の真ん中へんに立ち止まり、目を閉じて味わった。

ああ、なんて落ち着くんだろう。やっぱりここが好きだ、と祈るように思う。

「冷たい麦茶飲む人ー」

いきなり声がして、はねるように目を開けた。

眩しい縁側に、歩太さんが笑いながら立っていた。相変わらず大きい。実際以上に大きく見える人なのだと、今ではわかる。

「はーい！」

あたしも、笑って片手をあげてみせた。

台所の薄暗がりに目が慣れるまでしばらくかかった。あたしの顔を見てすぐ、歩太さんは吸っていた煙草をもみ消した。いいのに、と言ったら笑って首を横にふり、青い麦の穂がプリントされた古いガラスのコップに氷をからんころんと入れてくれた。幸福というものを音にしたらきっとこんな音だろう。

白いTシャツと、第二の皮膚みたいに馴染んだジーンズ。めずらしく今日はそのどちらにも、絵の具やペンキがついていない。それだけで、ちょっとよそ行きの感じがするから不思議だ。

話し声を聞きつけたのか、勝手口からザボンが帰ってきて、あたしの顔を見あげてかすれ声で鳴いた。

「暑いもんだから、日中はずっと、物置の陰で長々と伸びてるんだ。地面が冷たくて気持ちいいらしい」

「やっぱり、遠くへは？」

「うん。行かないね。まあ、本人それで充分幸せそうだし、こっちもそのほうが心配要らなくていいんだけど」

しゃがんで撫でてやると、ザボンはあたしの膝のあたりに額や体をこすりつけて甘えた。しばらく見ない間にまた大きくなって、顔の幼さを除けば、もうほとんど大人の体つきだった。

「ちょっと待っててくれるかな」と歩太さんが言った。「そっちの部屋で、扇風機つけて涼んでるといいよ」

魅力的な勧めに従って、居間へ移動する。あとをついてきたザボンが、ちゃっかりあたしと並んで陣取った。

水色の羽根が透けている懐かしい感じの扇風機。きっと毎年、夏が終わったらきちんと掃除してメンテナンスしてからしまわれるんだろう。あと百年くらいは現役で働いてくれそうだ。

顔を近づけて、あああああ、と声を出してみる。ぶるぶると震えて聞こえるのを耳で楽しんでいたら、戻ってきた歩太さんに笑われてしまった。

「子どもみたいだって言いたいんでしょ」

恥ずかしさに、勝手に口が尖る。

「そんなことないけどさ。俺だって、誰も見てない時はよくやるし」

「うそ」

「ほんとほんと。でも、今のはなんか可愛かった」

ドキッとすることをさらりと言いながら、歩太さんはあたしとザボンの前にあぐらをかいた。デニムの裾から突きだしたくるぶしの骨っぽさに、なおさら動悸《どうき》が疾《はや》くなる。

「あのさ。これ」

差しだされて初めて、彼が持っているものに気づいた。

何だろう、薄い水色の包装紙にくるまれた、A4くらいのサイズの平たい包み。艶《つや》のある紺色のリボンが十字にかかっているけど、いかにも素人《しろうと》が包みましたという雰囲気だ。

「何、これ」

「プレゼント」

「誰に？」

とたんに、ぷっと彼がふきだした。

「茉莉にきまってるじゃない。他に誰がいるのさ」

「え、だって……」

「来週、誕生日でしょ。八月八日」

あたしは思わずぽかんとなって歩太さんの顔を見た。

「どうして？」

「なに」

「どうして知ってるの？」

話したことなんてないはずなのに。

「いや、おふくろがさ」ちょっと照れくさそうに、歩太さんは畳に目を落とした。「ほら、前におふくろの店へ行ってみんなで昼飯食ったじゃない。その時に聞いたのを覚えてたらしくて、先週、俺に電話してきたんだ。『もうすぐ茉莉ちゃんのお誕生日だけど覚えてる？』って。覚えてるも何も、俺は言われて初めて知ったんだけど」

ようやく思いだした。

あの時、カウンターの隅っこのほうでお母さんが、歩太さんの子どもの頃のことをいろいろ教えてくれたのだ。あたしの誕生日については、歩太さんが四月二日生まれで、同級生の誰より早く年をとるという話の流れで出たのだったと思う。

たった一度話しただけなのに日付まで覚えていてくれたなんて……。

母親がいなくなって以来、父さんにもおばあちゃんにも誕生日を祝ってもらった覚えのないあたしが何も言えずにいると、歩太さんはあたしの膝の前にその平べったい包みを置いた。

「十五歳、おめでとう」

まだ信じられずに、茫然と包みを見おろす。触ったら消えてなくなっちゃうんじゃないだろうか。

「どうしたの。開けてみてよ」

促され、おそるおそる手に取った。見た目より重い。リボンをするりとほどき、包みを開くと、中から白い紙の箱があらわれた。

蓋を取って、あたしは息を呑んだ。

それは、小ぶりのキャンバスに描かれた一枚の絵だった。ひと目で、歩太さんが描いたものだとわかった。光をこんなに美しく描けるのは彼しかいない。

画面の右上から斜めに射す光の束。さらさらと降り注ぐその光の中に、壁にもたれてうたた寝をする少女が描かれている。チェックのシャツに寄った皺と、デニムの質感。

木漏れ日の散る床に投げだされたてのひらは上を向けて軽く握られ、そのすぐそばにオレンジ色の猫が丸くなっている。陶器のようになめらかな少女の頬にはうっすらと血の色が透けて、閉じたまぶたの下には睫毛《まつげ》の影が落ち、わずかにほどけた唇からこぼれる吐息まで感じられそうだ。

「これ……誰？」

呟くと、歩太さんが「え？」と情けない声になった。

「ええと、俺としては茉莉のつもりで描いたんだけど、そう見えない？　デッサンの段階で夏姫と慎一くんに見せたら、そっくりだってお墨付きもらったんだけど」

「でも……」

「なに」

あたしは、どうしても信じられずに首を横にふった。

「嘘だよ。こんなの、あたしじゃない」

「なんでそう思うの？」

「だ……だって、あ……あたしは、こんなに綺麗なわけないもの」

頭のすぐ上で、歩太さんがふうっと息をつくのがわかった。

気を悪くさせたかと慌てて目を上げると、彼は、微笑んでいた。微笑んではいたけど、どこかがちょっと痛むのを我慢するような顔だった。

「茉莉はさ。鏡見るの、嫌いだろう？」歩太さんは言った。「前に一度、醜いから自分の容姿が好きじゃないようなことも言ってたし」

あたしは黙っていた。

「だけどね。俺からすると、〈天羽茉莉〉って女の子は、そういうふうに見えてる。『こんなに綺麗なわけない』ってきみは言うけど、俺の目に、いや俺だけじゃなくて夏姫や慎一くんの目にも、きみは掛け値無しにその絵のまんまの姿で映ってるんだよ。描いてる時、あんまり綺麗だからいっそ背中に天使の羽でもはやしてみようかとも思ったけど、へたすると天に召された人みたいに見えそうだからやめておいた。寂しい絵が描きたかったわけじゃないからね」

目を伏せて黙りこくっているあたしに、歩太さんはなおも言葉を継いだ。

「こういうことを言うと、お世辞みたいに聞こえるかもしれないけど、初めて会った時から思ってたよ。なんて綺麗な子なんだろうって」

あたしがかぶりをふると、歩太さんの両手が伸びてきて、がしっと頭を押さえた。そのままちょっとでも力を込めたら、あたしの頭なんか桃みたいに潰れるんじゃないかと思うくらい大きなてのひらだった。

「茉莉。……なあ、茉莉。頼むから、信じてほしいんだ。きみはね、綺麗なんだよ。その絵なんかより、ずっと綺麗な女の子なんだ」

「そんなこと、ない」

「あるんだって」

首を横にふろうとしても、歩太さんのてのひらが許してくれない。

あたしは奥歯を食いしばった。

どうして、彼のその言葉がこんなに嬉しいんだろう。今までは誰に言われても苦痛でしかなかった言葉、そらぞらしいお世辞か、嘘か、でなければ何か悪いことの前触れにしか聞こえなかった言葉が、歩太さんの口からこぼれ出るとこんなにもあったかい。

彼のてのひらが、静かに離れていく。

あたしは、うつむいたまま、そうっと絵の表面に触れてみた。油絵の具は乾くのに長くかかるはずだから、これはアクリル絵の具だろうか。陰影や質感の表現によって、ところどころ、でこぼこしている。斜めに射す光にさわったら、指先にロウソクみたいに灯《ひ》が点《とも》る気がした。

そうか、と初めて気づく。これって、宗教画に似てるんだ。伏せた目もととか、上向きで軽く握られたてのひらもそうだし、頭の後ろにまばゆい光が透けているのはたしか後光とかいうあれで……。歩太さんはきっと、意識してわざとそういうふうに描いたに違いない。

急にせり上がってきた塊をどうにもできなくなって、あたしは急いで歩太さんに背中を向けた。両目から煮えるように熱いものがあふれだす。止まらない。頬を伝うそれが顎の先から滴《したた》り、膝の上に落ちる。落ちると冷たいのは、あふれる端から扇風機の風に冷やされるせいだ。

洟《はな》をすすり上げているあたしを不思議に思ったのか、ザボンが膝に前肢をのせてのびあがってきた。濡れた顎の匂いを嗅ぎ、ざらざらする舌でちょっと舐める。絵の額と、猫を一緒に抱きしめて、あたしは泣いた。もう、取り繕うことさえできなかった。

いけない、こんなに泣いたら歩太さんに変に思われる。御礼だってまだ言ってない。そう思った時――

後ろから、抱きかかえられた。そのまま、赤ん坊をあやすみたいにゆっくりと前後に揺すられる。ザボンも一緒におとなしく揺られて、膝から下りる様子もない。

当たり前だけど、歩太さんの腕は、タクヤのそれとは全然違っていた。性的な匂いのまるで感じられない抱擁に、あたしは体の芯の芯、心の奥の奥から安らいで、思わず深い溜め息をついていた。息を吐ききってしまうと、今度は、生まれて初めて肺いっぱいに息が吸える気がした。

でも、そうして満たされながら、同時に辛かった。与えられてばかりで、あたしには何も返せるものがない。引き絞られるように胸が痛んだ。

口をひらきかけるより先に、気配を察した歩太さんが、ん？　と後ろからあたしを覗きこむ。

「どうした？」

「あ……」

「ん？」

「あゆ……たさんの……」

またしても嗚咽がこみあげてくるのをこらえ、懸命に息を継ぐ。

「歩太さんの、ために、あたしは、何をしてあげたら、いい？」

何もしなくていいとか言われたらどうしよう、と体を強《こわ》ばらせていると、彼はうーんと唸《うな》って、あたしのつむじのあたりに顎をのせた。やがて言った。

「そうだな。できれば、もうちょっとたくさん笑えるようになってほしいかな」

「笑えるよ、今だって」

首をねじって見あげ、唇の両端を上げてみせると、歩太さんは困ったように目尻に皺を寄せた。

「無理には、いいんだ」

そして言い直した。

「ごめん。それに関しては急がなくていい。ただ、こうして時々は来てくれると嬉しい。忙しいのに悪いけど。でも、きみがザボンと遊んだり、絵を描くのを見ててくれたりするだけで、この寂しい家も華やぐから」

「そんなことで、いいの？」

「うん。っていうか、充分でしょ。それに、どうしてかな。描いてる時、近くにきみの気配があるとないとじゃ、全然違うんだ」

「違う？」

「そう。いてくれると、なんでだかすごく筆が乗る。だから、ここしばらくきみが来なかった間は、さっぱり調子が出なくてさ。夏姫に叱《しか》られたよ。どうしてそう気分屋なんだ、って。まあ、言われてもしょうがないよね。最近描けたのって、その絵一枚だけだし」

嬉しかった。綺麗だと言われたことの千倍くらい嬉しくて、あたしは震えた。

「ただ――ひとつだけ、お願いがあるんだ」

「なに？」

あたしにできることは何だってするよ、と懸命に言ったら、歩太さんは少し笑って首をふった。

「頼むから、急にいなくならないでほしい」

「え、どういうこと？」

答えは返ってこなかった。何かもうちょっとくらいは説明があるかと思ったのに、彼はそれきり黙ってしまった。

扇風機が、ぬるい空気をかき混ぜる。縁側のその先で炎天に灼かれている庭を見やりながら、あたしはふと、母親の横顔を思いだした。会いたいとは思わないけれど、小さいころ突然置いていかれた時のあの心細さは今でも忘れられない。この世に信じられるものなんかない、というあたしの猜疑心《さいぎしん》は、たぶん母親の失踪に端を発している。

もしかするとあたしは、歩太さんというひとを見誤っていたのかもしれない、と初めて思った。

誰に対しても寛容で、来るものは拒まずを地でいくこのひとのことを、今まであたしは勝手に決めつけて、何かに手ひどく裏切られたり大事なものをなくしたりした経験のないひとなのだろうと思いこんできた。だからそんなに無防備に人を信じられるのだろうと。

でも、違うのかもしれない。彼が誰に対しても優しくおおらかに接するのは、いま手の中にあるものだけはせめて失いたくないからなのかもしれない。あるいは、いつなくしても後悔しないための予防線なのかも……。もしそうだとしたら、このひとの魂は、あたしのそれと相似形だ。

気がつくと、体の揺れが止まっていた。

ザボンが膝の上で本格的に丸くなったのを機に、あたしは思いきって自分から歩太さんの胸に背中を預け、おそるおそる寄りかかってみた。

彼は、それ以上強く抱きしめることもしないかわりに、腕をほどきもしなかった。

「……もしも」と、あたしはささやいた。「いつか、もうここへ来られなくなるってわかった時には、ちゃんと前もって言うようにするから」

歩太さんが言ったのはそういう意味じゃないと知っていて、でもあたしが答えられるのはそれだけだった。大丈夫、この先もずっといなくなったりしない、とはとても返せなかった。

だって、あたしがいくら約束したところで、歩太さんのほうが先にあたしのことを要らなくなるかもしれない。こういう時間が長続きしますようにという祈りと、たぶんそうはならないだろうという諦めとは、あたしの中では少しも矛盾しないのだ。

背中が、熱い。いくら扇風機が回っているといっても、歩太さんだってくっついているだけでいいかげん暑苦しいだろうし、あたしのほうも自転車を漕いできたから、汗の匂いが気にならないと言ったら嘘になる。

でも、あたしは離れたくなかった。

歩太さんも、あたしを離そうとはしなかった。

今だけ――せめて今この時だけは、つまらないことを気にするのはやめよう。がっしりとたくましい腕の中、安らいでいよう。何を差しださなくても、ただ注がれるものを素直に受け取ればいいなんてこと、もう二度とあるかどうかもわからないのだから。

一生にただ一度きりかもしれない幸福感の中で、ザボンとあたしと歩太さんは、入れ子のマトリョーシカみたいにぴったりとくっつきあっていた。

†

かんかん照りだった陽射しがようやく和らぎ始めた夕方、夏姫さんと慎一さんもやってきて誕生日を祝ってくれた。

「これは、俺からのプレゼント」

今日だけ特別にお店を早退してくれた慎一さんは、持ち手のところが猫の尻尾になったマグカップをくれた。

「それと、こっちは私からね。ちょっとずつ大人への階段を上がっていってね、っていう気持ちを込めて」

ラッピングの佇《たたず》まいからして夏姫さんらしい包みをほどくと、金色の液体の入った小さなボトルが現れた。首のところが細長くて下が丸っこい、なんだか秘密の媚薬《びやく》でも入っていそうなガラスのボトルだった。

「ジャスミンが基調のコロンなの。コロンって香水の中でもいちばん軽くて、時間も長くは残らないけど、若いうちはそれくらいがちょうどいいかなと思って。ふんわりいい匂いでしょ。嫌いじゃないといいんだけど……」

あたしは芸術品みたいに美しいボトルにしばし見とれ、夏姫さんに教わったとおり、左の手首の内側にほんの少しだけつけてみた。とたんに、あたりがふわんと柔らかな香りに包まれた。花の庭の真ん中に落っこちたみたいだった。甘くて、でも少しスパイシーで大人っぽい、かすかに夕闇の気配のする香り。

「いい匂い……」

思わずうっとりと呟く。

「大丈夫？　嫌いじゃない？」

「うん。すごく好き」

夏姫さんがほっとしたように笑った。

「よかった。茉莉ちゃんの雰囲気に似合うと思ったの」

あの絵が歩太さんから見たあたしの姿だとしたら、夏姫さんから見たあたしの雰囲気はこの香りなのかと思った。

ありがとう、とあたしは言った。嬉しくて、とても満ち足りて、いっそ哀《かな》しいくらい幸せな気持ちだった。

「茉莉ちゃん、知ってた？〈茉莉〉とか〈茉莉花〉ってジャスミンのことだって」

あたしは頷いた。昔、何かの時におばあちゃんから聞かされたことがある。〈外人のくせに、娘にそんな凝った名前を付けたがって、どうせ学歴のない女の見栄よ。劣等感まる出しよ〉

憎々しげな口調だった。

「じゃあ……」と、夏姫さんが続ける。「ジャスミンの花が、お母様の国の国花だってことは？」

「え」びっくりして、あたしは思わず目を瞠《みは》った。「そうなの？」

「私も今回初めて知ったんだけどね。お母様にとって娘に〈茉莉〉って名付けたのはちょうど、日本人が〈さくら〉って名前を付けるような感覚だったのかな。ううん、お母様の場合はお国を離れていただけ、もっと切実な気持ちだったでしょうね」

きっと、あなたのことすごく大事に想ってたってことなんじゃないかな、と夏姫さんは言った。あたしは黙っていた。

と、夏姫さんが座ったまま伸びあがるようにして、台所のほうを窺った。歩太さんは今、早めの夕食のために仕込みをしてくれている。向こうには聞こえていないと確かめたあとで、夏姫さんは慎一さんを見やり、それから再びあたしをまっすぐに見た。

「あのね、茉莉ちゃん」

「……はい」

「私、あなたにうんと御礼を言わなくちゃいけないの」

「え？」

「めちゃくちゃ感謝してるのよ。どれだけの言葉を総動員しても、今の気持ちを言い表せないくらい」

わけがわからない。

「歩太くんのあの絵、見たでしょう？」

あたしが頷くと、夏姫さんは微笑んだ。

「描いた本人に言わせるとね、マリア・マグダレンのイメージなんだって。なるほどなって思ったけど」

「マリア・マグ……？」

「聖母マリアじゃなくて、イエス・キリストを愛したほうのマリア。マグダラのマリアは娼婦《しょうふ》だったとか言われてるけど、過去を悔い改めて、自分を救ってくれたキリストを死ぬまで支えたの。昔から有名な画家たちが繰り返しモチーフにしてるのよ」

まあそれはともかく、と夏姫さんは言葉を継いだ。

「茉莉ちゃんに、わかるかな。あの絵を描いたっていうことが、歩太くんにとってどれほど大きな意味のあることか」

……意味？

「よく考えてみて。茉莉ちゃん、歩太くんが風景以外の絵を描いてるところ、見たことある？」

考えるまでもなかった。あたし自身、以前、彼に訊いたのだ。

〈人の絵は、描かないの？〉

ふしぎな間のあとで、苦手なんだ、と歩太さんは言った。

でもあたしは、あの古いクロッキー帳を見てしまった。どのページにもあふれるほどに描かれていた、夏姫さんにとてもよく似た女のひとについて、あれから後も歩太さんに訊いてみたことはない。

——これ、誰？

言葉にすればそんなに短い問いなのに、どうしても口に出すことができなかった。何か、訊いてはいけないことのような気がした。歩太さんの部屋にたくさんあるクロッキー帳の中で、あの一冊だけが特別に古かったせいかもしれない。

「もうね、十何年ぶりなの」

と、夏姫さんは言った。

「あのひとが、小さくてもキャンバスの上にちゃんとした人物画を描くのはね。だから、茉莉ちゃんの絵を描くからってデッサンを見せてもらった時はびっくりした。ほんとに、息が止まるくらいびっくりした」

「このひと、いきなりぼろぼろ泣きだしちゃってさ」横から慎一さんが補足する。「歩太さんに苦笑いされてたよ。『勘弁しろよ』って」

「だってしょうがないじゃない」

「いや、わかるけどさ、俺も」

そして夏姫さんは、ぽつりと言った。

「これまで、私がどんなに描いてって頼んでも駄目だったのにねえ」

ちょっと寂しそうに笑ったものの、夏姫さんはあたしに手を伸ばし、ぎゅうっと強くハグしてくれた。

「ありがとうね、茉莉ちゃん。ほんとに、ありがとう」

あたしは、慌てて首を横にふった。だって、何もしていない。あの絵は歩太さんが勝手に描いてくれたのだ。

でも、夏姫さんがそう言ってくれる気持ちが心からのものだということは伝わってきたから、抱きしめられているうち、あたしはまた涙ぐみそうになった。事情はよくわからないけれど、夏姫さんの抱える切なさが伝染して、なんだかもらい泣きに近いような感じだった。

「うげー、オンナどうしで気持ちわりぃー」

突然の声にふり返ると、縁側の外にマサルが立っていた。今日も長袖だった。

「あ、来た来た。遅いよ」

夏姫さんがこともなげに言い、上がんなさいと促す。

当然のように上がってきたマサルは、微妙にそっぽを向いたまま、手に持っていたものをあたしに向かって突きだした。黄緑色のプラスチックの虫かごだった。

「何よ、これ」

「やる」

中を覗くと、大きなクワガタが一匹しがみついていた。トゲトゲのある脚が六本、がっしりとプラスチックの桟をつかんでいる。

「お、すげえデカいじゃん」

慎一さんに褒められて、マサルの鼻の穴がふくらむ。

「あんたが捕まえたの？」

と、あたしは訊いてみた。

「うん」

「公園で？」

「うん」

「宝物なんじゃないの？」

「そうだけど。また捕まえに行けばいいし」

腐りかけのバナナをつぶしたやつが効くんだ、とマサルは言った。お酒をふりかけて発酵させるとなおいいらしい。前日のうちにクヌギなどの幹にそれを塗っておき、まだ暗いうちに起きて見に行くと、運が良ければクワガタやカブトムシが集まっているのだという。

「オレしか知らない秘密の穴場があってさ」

「へえ。どのへん？」

「教えたら秘密じゃなくなっちゃうじゃんか、ばーか」

「べつに知りたくもないけどね、ばーか」

つい本気で言い返してしまったものの、もらっておいてそれはないだろうと思い直す。プレゼントに釣られたわけじゃないけど、彼なりに自分にとっていちばん大事なものをくれたんじゃないかと思ったら、この憎たらしい子どもへの嫌悪感がわずかだけれど薄らいでいった。

「ありがと」

そう言ってみると、マサルはフンと鼻を鳴らして、またあさってのほうを向いた。

夏姫さんと慎一さん、あたしとマサル、そして歩太さんの五人で、夏の夕暮れの食卓を囲んだ。

テーブルに載りきらないほどに並んだ皿は、見事なまでにあたしの好きなものばかりだった。ハーブをきかせた鶏の唐揚げや、アスパラとブロッコリで飾ったマカロニグラタン、春巻きや小籠包《ショーロンポウ》や海老《えび》シュウマイなどの点心とか、あるいはタジン鍋とか。和洋中華にエスニック料理までごちゃ混ぜだったけど、どれもおいしかった。味はやっぱりちょっと薄くても、自分がそれを充分においしいと感じられることがしみじみ嬉しかった。

夏姫さんが買ってきてくれたというホールサイズのタルトは、色とりどりのトロピカルフルーツで埋め尽くされ、明かりの下で宝石箱みたいに輝いていた。ナイフを入れるのがためらわれるくらいだった。

「十五歳、おめでとう！」

そう言ってみんなが拍手してくれる中、夏姫さんはケーキを切り分けながら、

「そっか。十五歳になったんだねえ」

つぶやいて、なぜか、みるみるうちにまた涙ぐんでしまった。

「夏姫」

と、歩太さんが低くたしなめる。

「あ、うん。ごめん」

夏姫さんはあたしに目を移して微笑んだ。

「ごめんね、茉莉ちゃん。なんか感傷的になっちゃってさ」

全員が満腹で動けなくなったあと、マサルは部屋の隅っこへ這うように移動していって、寝ているザボンをかまい始めた。棒で殴っていじめていたあの時より、できるだけ優しく撫でようとしている今のほうが、ずっとおっかなびっくりの手つきだった。

あたしがそばへ寄っていくと、御機嫌になったザボンがごろんと寝返りをうち、白いおなかを見せる。手を引っこめたマサルが、小さい声で言った。

「なんかさ。なんかこう、いらいらするんだよな」

「いらいら？　なんでよ」

「こんなのんきなの見てるとさ。また痛い目に遭わされるって、どうして思わないんだろうって」

「……そうだね。ほんとにね」

驚いたように、マサルがあたしを見た。

「うそ、お前もそう思うの？」

「お前じゃなくて、マリ」

一応クギを刺してから、あたしは頷いた。

「思うよ。どうやったらこんなふうにあっけらかんと人を信じられるのかな、って。うっかり信じて裏切られるのが怖くないのかなってね。ちょっと、羨ましいかな」

ふうん、とマサルは言った。気のないそぶりを装いながらも、肩のあたりからふっと力が抜けていくのがわかった。

慎一さんの寝息が聞こえ始める。台所からは水音が聞こえてくる。たぶん夏姫さんが洗いものをして、その隣でふきんを手にした歩太さんが拭いているんだろう。

庭は、薄紫に沈み始めていた。そろそろ帰らなくちゃ、と思ったら、

「こないださ」

ぼそっと、マサルが続けた。

「ジドー何とかいうとこから、おっかない顔した男の人と女の人が来てさ」

「……うん」

「オレのこととか、うちのこととか、母さんといろいろ話して帰ってったんだけどさ。母さん、その晩、あいつと大喧嘩して追い出したんだよね」

「あいつ？」

「うちにずっと居すわってたやつ」

「それって、もしかして……マサルに痛いことしてたやつ？」

それについての返事はなかった。

「だけどさ。夜とか、母さん時々、台所で酔っぱらって泣いてたりしてさ。そういう時は、おっかない顔でオレのこと見て、『あっち行ってな！』って言う」

嫌いなんかな、オレのこと、とマサルは呟いた。

あたしは、ザボンに手を伸ばした。なめらかな毛並みを、尻尾の先までそろりと撫でる。毛の表面はひんやりしているのに、その奥にある柔らかな体の熱が伝わってくる。

こういう時はたぶん、〈自分の子どもを嫌いになる親がいるわけないじゃない〉とか言ってやればいいんだろうけど、心にもないことは言えなかった。

「よくはわかんないけど……」あたしは言った。「嫌いだって思う時と、大事だって思う時と、両方あるから辛いんじゃないの？」

マサルは黙っている。

「でもね、どっちにしたって、あんたのせいじゃないよ」

「……オレのせいだよ」

「違うって。子どもに当たる人っていうのは、自分の気分でそうしてるだけなんだから。あんたは、悪いことしてない。まあ、猫を苛めたことだけはともかくね」

やがて、再びマサルの手が伸びてきて、あたしの手の隣に並んだ。

「なんかお前、さっきから臭くね？」

「誰？」

「だからお前。甘ったるい匂いがぷんぷんする」

「お前じゃなくてマリだってば。あと、あんたはガキだからわかんないだろうけど、これは臭くないの。いい匂いっていうの」

ふたつのてのひらをおなかにのせたザボンが、満足げに喉を鳴らしながら長々と伸びをする。

「ねえ、マサル」

「何だよ、お前こそ偉そうに呼び捨てにすんなよ」

「あのクワガタ、あたしのかわりに預かっててよ」

「へ？」

「あんな凄いのもらうの初めてだから嬉しかったけど、あたし、あんたみたいに上手に世話できないかもしれないし。万一死なせちゃったらかわいそうだし。あんたがここへ来る時に持ってきてくれたら、また見せてもらえるでしょ」

マサルが首をねじってあたしを見る。

唇の端が、隠しきれずにほころんでいた。

†

自転車を飛ばして帰り着くと、六時過ぎだった。父さんが帰ってくるまでに、たぶんあと一時間近くある。

あたしは急いで家の中のことをした。晩ごはんは歩太さんがあれやこれやタッパーに詰めてくれたけど、乾燥機の中の洗濯物をたたんだり、流しの洗いものを片付けたり、区指定のゴミ袋を手に家じゅうのゴミ箱を空けてまわったり、やらなくちゃいけないことは他にもたくさんあった。

ここしばらく、気分的に家事どころじゃなかったせいだ。心の中が乱れきっている時に、家の中だけ整えるなんてこと、できやしない。逆に言うと、久しぶりに歩太さんの家へ行っただけで、あたしの精神状態はこんなに穏やかに落ち着くということだ。凄腕のカウンセラーのもとへ通うよりも、ありがたい宗教に走るよりも、あたしにとってはあの家と歩太さんこそが唯一無二の精神安定剤だった。

頭の中が、妙にふわんふわんしていた。気持ち悪いわけじゃなくて、むしろいい気持ち。

昼間、歩太さんの前であんなふうに大泣きしたおかげで、心と体の中に溜まるだけ溜まっていた毒素のほとんどが流れ出たのかもしれない。タクヤとの間のことは何も変わっていないし解決もしていないのに、なんだかその悲惨な状況にさえ、今の気持ちをもってすれば対抗できるような気がしてくる。

そうだ。いつまでも歩太さんが与えてくれるものに頼ってばかりじゃいけない。あたしはちゃんと自分の足で立つようにして、自分の力でもっと強くならなくちゃいけない。でないと、歩太さんの望みに応えられない。

〈頼むから、急にいなくならないでほしい〉

それを叶えてあげたいと思うなら、あたしはまず、何をすればいいんだろう。どうしたらあの聖域と、そこにいるひとたちを守り通すことができるんだろう。

次の洗濯物を回しながら、自分の部屋に行き、あらためて歩太さんからもらった包みをひろげてみた。絵の中に描かれている光が部屋中に燦々《さんさん》とひろがって、空気まで浄めてくれるかのようだった。

――マリア・マグダレン。

あとでネットで調べてみよう、と思った時だ。

バンッと玄関のほうで大きな音がした。続いて、激しく下駄箱にぶつかる音。いつもより早いけど父さんだ。酔っぱらってる。それもすごく。

廊下の足音で、靴を脱いでいないのがわかった。まだそんな時間でもないのに、いったいいつから飲んでいたんだろう。

あちこちにぶつかっては罵《ののし》る声とともに靴音が近づいてきて、いきなり、部屋の入口から中を覗いた。硬直しているあたしを、入口に覆いかぶさるようにつかまり立ちして睨《ね》めつける。

ものすごく長い沈黙のあと、ゆらりと一歩後ろへ下がると、凄《すさ》まじい勢いでドアを閉めた。外鍵をかけるのにもいつもより手間取っているみたいだった。

ようやく呼吸することを思いだして、あたしはどっと息を吐いた。

誰かと思った。

誰かと思った。

何あれ、父さんじゃない。少なくともあたしの知ってる父さんじゃなかった。しばらく顔を合わせなかったけど、それだって二ヵ月くらいのことだ。家には帰ってきていたし、毎日会社へも出かけている。でも、あれは……人ってあんなに変わってしまうものだろうか。よく似た別人どころの騒ぎじゃない、肌も唇もがさがさに荒れ、頬はこけ、目は血走って、まるきり知らない人みたいだった。

そうして、いくらか気持ちが落ち着いてみると、あたしは、とてもいやな考えに行き着いた。ドアのそばまで行き、なんとか冷静に声をかける。

「父さん？　聞こえてる？」

冷蔵庫を乱暴に開ける音。中を引っかき回し、また乱暴に閉める音。

「父さんってば。お願い、聞いて。あたし、トイレに行っておきたいの。今日はいっぱい水分とっちゃったから、夜は何度か通うかもしれない。だから、お願い、鍵を開けておいて。トイレ以外はぜったい部屋から出ないから。約束するから。ね？」

あたしが懸命に訴えている間も、ドアの向こうではかまうことなく大きな物音が響いていた。食器棚から取りだしたグラスが、床に落ちて割れる。信じられないほどひどい悪態。八つ当たりでもしたのか、椅子が倒れる音もする。

「父さん、ねえってば！」

必死に叫びながら、あたしの頭のひと隅はものすごく静かに醒《さ》めていた。

わかっている。何を言ったって、どうせ無駄だ。あの人は、この鍵を開けない。明日の朝になって開けてくれたらそれだけでも奇跡かもしれない。

ゴミ箱は、部屋の外だった。さっき中身を集めてまわった時、台所に置いたままだ。かわりの容器になるものといったらそれくらいしかないのに。すぐそこに慎一さんにもらったマグカップはあっても、穢《けが》すのは絶対に、ぜったいにいやだった。

物音がしなくなってから何時間もたったあとで、とうとうその時がきた。ぎりぎりまで我慢したけれど、朝まではとうていもたなかった。

あたしは、むしろ淡々とクローゼットからプール用のバスタオルを出し、デニムのスカートを脱ぎ、下着を取って、その上にしゃがんだ。トイレではないところでそうすることを脳が拒んで、気が狂うほどおしっこがしたいのになかなか緊張がゆるまなかったけれど、結局は、本能に負けた。

凄まじいまでの解放感とともに、生ぬるい臭いが立ちのぼる。海の水を温めたみたいだ。

畳んだタオルに下半身をぎゅっと押しつけながら、あたしは、床に額をつけて啜り泣いた。さっきまではあんなに素敵なジャスミンの香りに包まれていたのにと思ったら、なおさら情けなくて、このまま死んでしまいたくなった。

罰が、当たったのだ。今日一日で、すっかりいい気になっていたから。

突っ伏したまま、ベッドからはみ出した水色の包み紙を眺めやる。どんなに手を伸ばしても、二度とあの絵に触れることなんかできない気がした。そう、やっぱりあそこに描かれているのはあたしじゃなかったのだ。だって、ほんとのあたしはこんなに汚い。

早く後始末をしなくちゃと思うのに、上半身を起こす気力もなかった。床に頰をぺたんとつけたまま放心していたら、脱いだスカートのポケットで、携帯が短く鳴った。今いちばん聞きたくない着信音だった。

どうせまた呼び出しのメールだろう。明日、北口に四時、とか。見なくたってだいたいわかる。

あたしは、歩太さんの顔を思い浮かべることを自分に許した。ザボンの柔らかな手触りや、かすれた鳴き声も……それに、あの家の隅々に漂う静謐《せいひつ》な空気と、油絵の具の匂いも。

汚れるのは、あたしだけでいい。せめてあの聖域を守ることができたなら、それだけであたしは、かろうじて自分のかたちを保っていられる。

†

人生の中でどれだけ物事を深く考えてきたかは、人間の顔にはっきりと表れる。あたしはそのことを、歩太さんとその周囲に集まる人たちを見て知った。

たとえばタクヤの視線がいつもうろうろと定まらないのは、落ち着きのない性格のせいか、あるいは単に頭が悪いからだとばかり思っていた。そうじゃなかった。性格がどうだって、頭が良くなくたって、その人なりの精一杯で一つひとつの物事と向き合おうとしていれば、目の奥にはちゃんと思索の灯が点る。

タクヤだけじゃない。これまであたしに関わってきた人たち──父さんや、おばあちゃんや、親戚や、例の副担任の先生なんかはみんな、こう言っては何だけど、人生に起こるいろんな出来事をないがしろにして構おうとしない人たちだった。いいことも悪いことも、一度起こったら無かったことになんてできるはずないのに、悪いことは見て見ぬふりをして、いいことにさえ何だかんだとケチをつけて、結局は何ひとつ自分の中に残らない、経験が積み上げられていくことのない人たちだった。

でも、だったらあたし自身の顔は？　歩太さんからはどう見えているんだろう。

それを考えるとすごく怖くなる。生まれついての容貌の美醜については、いまだになかなか素直に認められずにいるあたしだけど、せめて中身が空っぽな人間の顔だと思われたくない。

　そう願うあまり、あたしは、行きたくもない学校へもそうとう頑張って通うようになった。授業は相変わらずつまらないし、周りの好奇の目も、教室の空気も苦痛だけれど、とにかく学校へ行きさえすれば図書室が利用できる。中学生のあたしが平日の真っ昼間に町なかにある区民図書館に出入りするわけにはいかないから、本を借りたければつまり学校へ行くしかないのだ。

　毎日のように新しい本を借りてきては、夜、父親に外鍵をかけられた部屋で読みふけった。昔の作家が書いた古めかしい小説や、謎解きに頭を使うミステリーも借りることはあったけれど、読んでいてあたしがいちばんわくわくするのは絵画関係の本だった。美術史だとか専門的な技法などについて少しずつでも知ることで、歩太さんの描く絵をもっと深く理解できるような気がしたからだ。

　調べるうちに、あの〈マリア・マグダレン〉についても少しは詳しくなることができた。

　娼婦だったというのが通説になっているマグダラのマリアだけれど、じつは聖書の中のどこを探してもそんな記述はないのだそうだ。ただ、ある町に住む「罪深き女」がイエス・キリストの足を涙で濡らし、口づけしながら自分の髪で拭って香油を塗った、という記述はある。その少し後に、キリストに付き従った者の一人として初めてマグダラのマリアの名が登場するのだ。

巨匠ルーベンスがその場面を描いている。キリストの足もとにひれ伏し、うやうやしく捧げ持った彼の足に頬をすり寄せるマリア。画集の中の彼女を、あたしは飽かず眺めた。イエス・キリストのくるぶしも、歩太さんのそれのように骨っぽくごつごつしていたのだろうか、などと想像しながら。

いずれにしても彼女は、十字架に磔《はりつけ》にされたキリストの最期を聖母マリアとともに見届け、弟子たちが迫害を恐れてちりぢりになった後も逃げず、ついには復活を果したキリストの最初の目撃者になった。

ルネッサンス期の画家ティツィアーノの作品には、『我に触れるな《ノリ・メ・タンゲレ》』というのがある。よみがえったキリストの裳裾《もすそ》に手を差し伸べるマグダラのマリアを描いた美しい絵だ。

死んでしまったと思っていた愛しいひとが目の前に立っているというのに、触れることもできないなんて……その時の彼女の気持ちを想像するだけで胸が詰まる。歩太さんが「マリア・マグダレンのイメージ」で描いてくれたというあの絵のせいばかりではなくて、あたしはいつのまにか彼女にすっかり感情移入していた。歩太さんはそんなつもりで言ったわけじゃないだろうけれど、あたしにとっては、歩太さんこそが、闇の底からすくい上げてくれた〈救世主〉だったのだ。

他にも、たくさん読んだ。たとえば精神医学や心理学についての本。あるいは哲学や社会学や、自然科学なども。学校の図書室にあるのは中学生でも読めるように嚙み砕いて書いてあるものが多いけど、それでも、人の心にアプローチするいろんな方法や、世界の成り立ちを一つひとつ知っていくのは興味深いことだった。

そんな付け焼き刃で何がどう変わるかはわからない。だけど、何もしないでいるよりはマシな顔になれるんじゃないか。

タクヤに命じられるまま、土曜の午後にホテル街の近くをぶらついては男の人を騙して、お金を巻きあげて——そうやって人として最低なことをするたびに、自分の中からだらだらと漏れ出ていってしまうなけなしのまっとうさみたいなものを、あたしは、なんとかして補充しなくてはと必死だった。やっていることはこれまでの人生で最悪なのに、その一方で、こんなにも向上心を持って毎日を生きたのは生まれて初めてだった。

暑かった夏は終わりに近づき、吹く風のなかに冷たい空気が束みたいに入り混じるようになっていた。

週のうち、平日の放課後はだいたい一日置きに、そして休みの日は昼間から、歩太さんの家へ通う。日曜日は、歩太さんが画材一式を持って公園へ出かけることも多くて、あたしは彼に誘われるままについて行き、気持ちのいい涼風に吹かれながら樹々や空や光を描いた作品が仕上がっていくのを眺めた。時にはそこにマサルが加わることもあった。あたしたちが下らないことで言い合ったり、しぶしぶ仲直りしたりするのを聞きながら描くせいだろうか、歩太さんの使う色は以前より心なしか明度と彩度を増していた。

そんなふうな日々のペースがいつのまにかできあがってくるにつれて、あたしは、前よりだいぶ気が楽になった。

公園で出会ってそろそろ半年。お互いに馴染んできたのはもちろんだけれど、やっぱり、彼のくれたひと言の威力がいちばん大きかったと思う。

〈描いてる時、近くにきみの気配があるとないとじゃ、全然違うんだ。いてくれると、なんでだかすごく筆が乗る〉

それが、あのとき泣いていたあたしを慰めるためだけじゃなく、歩太さんの本当の気持ちから出た言葉なんだということが感じ取れたから、あたしは前みたいに遠慮したり、疎まれるのを怖がったりせずに、彼のそばにいることができた。

いつかは失われてしまうものなのは仕方がない。ずっと続く安心なんてあるわけがない。

それでも、歩太さんの傍らという居場所はきっと最後まであたしを裏切らないでくれるだろうし、何かを強要したり、押しつけたりしない。

ほんの短い間しか滞在を許されない楽園とわかっていても、あたしにはもう、今だけ、そこでだけ与えてもらえる果実を、貪《むさぼ》らずにいることはできなかった。

ミニスカートではだんだん肌寒くなってきても、タクヤはあたしにデニムどころかタイツを穿くことさえ許さなかった。

「生足かどうかなんて、どうでもいいと思うかしんねえけどさ」

くっちゃくっちゃとガムを嚙みながらタクヤは言った。

「男のヤル気ってのは、そういう小さいことに左右されんのヨ。お前だって、誰にも声かけてもらえないまま裏通りを行ったり来たりしたくねえだろ？　それはそれでプライド傷つくんじゃねえの？」

あいにくそんなことで傷つくプライドは持ちあわせていないけれど、この件に関してはおばあちゃんやタクヤの意見を認めるしかないんだろう。あたしを母親譲りの売女だと評したおばあちゃん。黙って立ってるだけでエロいと言ったタクヤ。決して望んでこんなふうに生まれついたわけじゃないけれど、そんなあたしを誘おうとする男たちが毎週途切れずにいてくれるおかげで、タクヤの魔手から歩太さんやザボンを守ることができている。それを思う時だけ、あたしは、こういう顔や体を持って生まれたことを神様に感謝した。

†

その日は、短いフレアスカートにデニムジャケット、素足にブーツといった格好で池袋の繁華街に出た。あんまりいつもいつも北口ばかりではまずいとタクヤが言うので、今日は東口に場所を移していた。

大きく稼ぎたかったらネットにでも情報を流せばいいのだろうけれど、根が小心者のタクヤはそこまでは望んでいないようだった。望む頭もないし、彼が欲しいのは大金ではなくて、その日その日を遊んで暮らせる程度の小遣いなのだ。目の前のことしか見えないのは彼にとっての不幸だろうけれど、あたしにとってはちょっとだけ幸運だったかもしれない。おかげで今のところ、とんでもなく危ないことには巻き込まれずに済んでいる。

立ち寄るお店を探しているふうを装い、飲食店の看板を見あげながらゆっくり歩く。ときどき雑貨屋とかドラッグストアの店先を物色したり、立ち止まって時計を覗きながら考え込んだりしていると、ちらちらとこちらを窺う視線を感じた。

カモになるかどうかを目の端でさりげなく観察する。中肉中背、全体に黒っぽい格好をした、これといって特徴のない男だ。今までの経験からいくと、ああいう地味な感じの人はすぐには声をかけてこないけど、後になってもう一度引き返してくるかもしれない。もし引き返してきたら、釣れたと思っていい。

安物のアクセサリーを所狭しと並べている店のすぐ外で、ぐるぐる回るスタンドに差してあるサングラスの一つを手に取り、値札をぶらさげたまま鏡に映してみる。色素の薄い瞳ごと、顔の上半分が隠れるだけで、人とは違う自分の容貌へのコンプレックスが薄らぐ。学校にもサングラスをかけていくことができればいいのに。

さっき落ち合った時タクヤは、自分は商店街の中ほどにあるファストフード店の二階から監視していると言っていた。

〈サボるんじゃねえぞ。真面目にやれよ。あそこからなら、通りは端から端まで見えてるんだからな〉

サングラスを元に戻し、二つめを手に取る。真面目にやれと言われても、歩き続けるのには嫌気が差していた。

いつまでこんなことが続くんだろう。タクヤが飽きるまで永遠に、だろうか。

たとえばあたしが、こんどこそ歩太さんの家には二度と行かないと決めて、タクヤにそれを告げたとする。あのひととはもう何の関係もないんだから脅迫になんか意味がない、だからこんなことからは解放してほしい——いくらそう言ってみたところで、あたしのいちばんの弱みがあのひとたちであることを知っているタクヤは、結局やりたいようにやるだろう。あたしだって、人質をとって脅されれば平気ではいられない。歩太さんに迷惑がかかるのも、彼にすべてをばらされるのも堪《た》えられないけど、小さな爪と牙以外に何の武器も持たないザボンに危害が加えられるようなことがあったら……。

こみあげる不安のかたまりを無理やり飲み下し、三つめのサングラスを手に取った時だ。小さい鏡の背後、あたしの顔の斜め上あたりに、さっきの男が映った。道路の向こう側からこっちを見ている。ふり返りたくなるのを我慢して、あたしはサングラスを元に戻し、店先を離れた。

少し先の、シャッターの閉まっている店の前を選んで立ち止まり、バッグから携帯を取りだす。何かを検索するふりで画面をいじっていると、男は案の定、声をかけてきた。

「ちょっといいかな」

眼鏡の奥から、一重の細い目が値踏みするようにあたしの顔や胸をじろじろと眺める。グレーのTシャツの上に薄手の黒いシャツを羽織って、下も黒っぽいパンツ、メタルフレームの眼鏡をかけている。三十代半ばくらいだろうか。それとも案外もっと若いんだろうか。年齢もそうだけど、バックグラウンドがまるで読めない。ふだんは何をしている人なんだろう。

と、男がふいに言った。

「きみ、いくら？」

駅はどっちかと訊くようなさりげなさだったので、とっさに意味がわからなかった。わかったとたん、ぎょっとなった。

「はい？」

「とぼけなくていいよ。お金、欲しいんでしょ。いくらだったらいいの」

早口でも大声でもないのに、首根っこを押さえつけられたかのような気がした。つっけんどんとか投げやりとかいうのともまた違う、温度の感じられない口調に不安をかきたてられる。

答えずにいると、男は鼻からふっと息をついた。

「まあ、いいや。とりあえず、ちょっと付き合ってくれないかな」

「あの、」

「セックスはしないでいい」

思わず眉を寄せたあたしを見ながら、男は低い声で言った。

「そのかわり、……をしてるところを見せてほしい」

今度は、あっけにとられるあまり反応が遅れた。

次の瞬間、あたしは一歩後ろへ飛びすさっていた。

脳裏にありありと甦る、あの夜のバスタオルの濡れた感触、生温く立ちのぼる独特の臭い。いやだ、この人。変態のくせに、何をこんなに落ち着きはらっているんだろう。

中年の会社員があたしたちをよけて追い越していき、反対方向から来た二人連れのOLが声高に誰かの噂話をしながら通り過ぎていく。助けて、と言いたいのに言えない。

絶望的な気持ちで立ちすくんでいると、眼鏡の男は、彼らの耳が充分に遠ざかるのを待ってから、相変わらず淡々と続けた。

「きみのほうからは、僕に指一本触れなくていい。痛いこともしないって約束する。服もほとんど脱がなくていいし、あっという間に済む。人間なら誰でも必ず毎日していることを、たった一回見せるだけで大金がもらえるんだ。悪い話じゃないだろ？」

走って逃げるか、助けを求めるかしたかった。でも、男の醒めた視線はなぜだかあたしにそれを許さなかった。

飲みこみにくい唾を、必死に飲み下す。タクヤの顔が浮かんだ。

〈サボるんじゃねえぞ。真面目にやれよ〉

どうせ、と自分に言い聞かせる。どうせ、ホテルの部屋には入らなくていいのだ。玄関をくぐる直前に、あとを尾けてきたタクヤが、未成年のあたしをいかがわしいところへ連れこもうとしている男を携帯で撮って、お金を〈チョータツ〉して、それでおしまい。だからそもそも、中で何をするつもりかなんて関係ない。考えるべきは、この人がお金をたくさん持っているかどうかだけだ。

「わかった」

あたしは、声を絞り出した。

「いくらくれるの？」

「じゃあ、見せてくれるんだね？」

無理やり頷いてみせる。

「いい子だ。いくら欲しい？」

「……三万」

吹っかけたつもりだったのに、

「欲がないね。五万あげるよ」

ついておいで、と男は言い、先に立って歩きだそうとして再び足を止めた。

「おっと、その前に……」

すぐそこの自動販売機であたしにジュースを買ってよこす。五百ミリリットル入りのペットボトル。

「これ、飲んで。ゆっくりでもいいから、全部」

何のための水分補給かは訊かなくてもわかった。

キャップを取って手渡されたそれを、あたしは毒を飲むみたいにいやいや口に含んでは飲み下した。もう飲めないと言ってみても、男は首を横にふり、黙って待っていた。待つ間に携帯をチェックして、ちょっとだけ、にやりとした。

いつにも増して味がしない。タクヤはどこから見ているんだろう。早く来てほしい。さっさといつもみたいに写真を撮って、この苦行を終わりにしてほしい。

ようやくあたしが飲み終わると、男は空のペットボトルを受け取ってゴミ箱に捨て、また歩きだした。その後を慌てて追いかける。どうにも調子が狂う。傍から見たら、あたしのほうが彼といたくて追いすがっているみたいに映るだろう。

居酒屋やカラオケボックスなどが並ぶ一画を抜けると、十字路が現れた。駅を背にしてその十字路を曲がろうとした時だ。

思わず、足が止まった。

角地に位置するビストロの外壁が、カラフルな絵で覆われている。南欧風の建物の土壁はクリーム色で、ドアや窓以外の部分はすべてキャンバスだ。そんなに古い建物でもないけれど、風雨にさらされた壁と絵は少しずつ色褪《いろあ》せて互いに馴染んでいる。野原に川があって、水車小屋があって、牛やロバもいて、ねじくれた杉の木の上にひろがる空を翼のはえた人が飛んでいて……。

これか、と、痺れた頭の隅で思った。歩太さんの描いた絵だ。前に彼のお母さんの営む小料理屋さんに行った時に聞かされた、あの絵にたぶん間違いない。水車小屋の上空を有翼人種が飛んでいるような店が、池袋の東口に何軒もあるとは思えない。

足が、動かなかった。翼ある人が吹き鳴らす黄金のラッパに、〈見よ、罪びとがここにいる!〉と暴き立てられている気がした。

「早くおいでよ」

男がふり返って言う。

「どうしたの。もしかして、腹でもへってる?」

あたしは、かろうじて首を横にふった。

「まあ、すぐに済むからさ。言ったとおりにしてくれれば礼ははずむから、あとで何でも好きなもの食べるといい」

好きなものなんてない。あたしにとっておいしいと思えるのは、歩太さんが作ってくれる食事だけだ。味蕾《みらい》に感じる味は遠くても、心に、体に、じわじわしみる。

なおも促され、ようやく歩きだした。さっきまでより、さらに一段と気が重くなっていた。

なんて汚いんだろう、あたしは。できることなら逃げたい。でも、逃げたって汚い。この汚さからは逃れられない。

ホテル街が近づいてくる。気づかれないようにそっと後ろを窺ってみたけれど、タクヤの姿は見えなかった。

おなかの下のほうから、黒っぽい不安と恐れがせり上がる。せっかくのカモを見逃すタクヤじゃないはずだし、きっとどこかから見ているにきまっている。もしかしたら先回りしているのかもしれない。

と、

「ここでいいかな」

立ち止まった男が言った。

大きなホテルの前だった。植え込みのある狭い前庭を入ったすぐ奥が、両側にひらく磨《す》りガラスの自動ドアになっている。あたりの人通りはちょうど途切れていた。

「ここ、バスルームが広くて気に入ってるんだよね」

バスルーム？

「……服は、脱がなくていいって」

「ああ、ごめん。一緒に入ろうなんていうんじゃないよ。ただ、洗い場が広いほうが、するところをゆっくり見せてもらえるでしょ」

鉄棒で頭の横を殴られた気がした。一瞬、目の前の風景が二重にブレて見えた。

そんなこと、実際はしてみせなくていい、その前にここから逃げればいい、今すぐにでも。だけど、どうして助けが現れないんだろう。

我慢できずに後ろをふり返る。もう何度もこういうことをさせられているのに、タクヤのことを〈助け〉だなんて思ったのは初めてだった。

「さあ、ほら」

男の声に、わずかな苛立ちが混じる。いよいよ怖くなったあたしが、じりっと後ろへ下がろうとすると、いきなり手首をつかまれ、前庭に引っぱりこまれた。

「やっ……」

「なに言ってんの、今さら」

「やだ。やっぱりやめる」

「そういう態度は感心しないね。わかっててついてきたんだから約束は守ってくれなきゃ。言っとくけど、いくら時間を稼いだって彼氏は来ないよ」

驚いて間近にある顔を凝視すると、男はメタルフレームの奥の細い目をますます細めた。笑っているのか怒っているのか、全然わからない目つきだった。

「な……んで……」

「まあ、いろいろと事情があってね。簡単に言えば、今きみはとりあえず僕の言うことを聞くしかないわけ。これ以上、最悪の思いを味わいたくなかったらね」

初めて思い当たった。ふだん何をしているのか見当がつかないどころの騒ぎじゃない。

この男は……。

「大丈夫」

妙に優しげに続ける。

「そのふざけた彼氏のこと、僕はよく知らないから、どうなろうがかまわないんだけどさ。でもまあ、そいつにしろ、家族や周りの人たちにしろ、きみがこれからちょっとのあいだ僕の言うことを聞いてくれさえすれば、このまま何ごともなく無事に済む。そういうことで話はついてる。先のことは知らないけど、今日のところはね」

意味が、わからない。誰か他にも、この件に関わっている人間がいるらしいってことぐらいしか。

冷たい風が吹きつけ、フレアスカートをめくりあげる。つかまれていないほうの片手は空いているのに、裾を押さえる余裕もないまま震えていると、

「もしかして怖いの?」

男は面白そうに言った。

「怖がる必要はないよ。きみなんか、ラッキーなほうじゃないかな」

「……え?」

「さっきも言ったろ? 僕は、セックスそのものにはあんまり興味がないんだ。きみさえ最初の約束を守ってくれれば、こっちだってそうあんまりな無茶はしない」

頭の後ろから、血がすうっと引いていく。

手首を強く引っぱられ、あたしはよろけた。来訪者を感知した自動ドアが、待ち構えていたように左右に口を開けた。

†

あれはたしか、小学三年生の時だったと思う。教室の本棚にあった『不思議の国のア

リス』を、担任の先生が読み聞かせてくれたことがあった。

どんなお話だったかは、ほとんど記憶にない。最後がまさかの夢オチでがっかりしたこと以外に覚えているのは、懐中時計を手にした白ウサギと、ニヤニヤ笑いの大きな猫と、凶暴なトランプの女王……せいぜいそれくらいだ。

でも、一つだけ強く印象に残っている場面がある。お話の最初のほう、懐中時計を覗きながら急いで走ってきたウサギのあとを追いかけて、アリスは自分も穴に飛びこみ、どんどん落っこちる。落ちても、落ちても、なかなか底に着かなくて、アリスは途中で何だかんだと文句を並べたりする。

どれくらいの深さの穴なのか、飛びこむ前に小石でも落っことして確かめればよかったじゃないの、と当時のあたしは思った。ロープさえ届かない深さの井戸だったり、危険な生きものが底のほうで口を開けていたりしたら、いったいどうするつもりだったんだろう。そんな考えなしの少女が主人公の物語には興味が持てなくて、あたしは先生の朗読をうわの空で聞いていた。ストーリーをよく覚えていないのはそのせいだ。

けれど――今となっては、そのおばかで考えなしの少女こそが、つまりあたしなのだった。家や学校から逃げ出そうとしたところまではともかく、タクヤなんかに引っかかったばかりか、つけこまれる隙を与えてしまった時点で弁解の余地はない。愚かすぎる。

落ちて、落ちて……堕ちて。もうとっくに真っ黒になるまで汚れてしまったのに、いまだに穴の底が見えない。あのお話のように、今まで起こった悪いことすべてが夢だったらいいのに、と思う。目を覚ますと優しい誰かが覗きこんでいて、ずいぶんよく寝ていたね、と笑ってくれたらどんなにいいだろう。

あたしはきっと、そのひとにしがみついて泣く。そうしてそのひとは、あたしをそっと抱きしめ返してくれるのだ。


池袋東口で眼鏡の男と会った翌日は、日曜日だった。あたしは歩太さんのところへ行かなかった。

これまでタクヤの指示で男の人たちを引っかけては騙してきた間だって、何度も何度も歩太さんに合わせる顔がないと思い続けてきたけれど、今回のことは、今までのとはまた質が違っていた。自分で望んだことではないし、まるきりの生理現象でもない、そこに暴力を匂わせる男からの強制があったとはいえ——小さい子どもでもないのに、他人の前でそれをすることを自分に許してしまった瞬間、あたしは、人としての最後の砦《とりで》を明け渡してしまった気がする。

巨大な氷山が崩れていく映像を、無音の中で、ただ見ている感じだった。全部出し終えてしまった後は、指一本動かせないくらい空っぽになって放心していた。全身ばかりか心まで弛緩して、男がシャワーで後始末をする間もぼんやりとされるがままになっていたほどだ。

〈彼氏には、しらばっくれとけばいい〉

そう言って、男は最初に約束したとおりの金額をあたしのポケットにねじこんだ。あたしの体には、本当に触れなかった。

タクヤが電話してきたのは、ホテルを出て一時間以上たってからだった。

『よう、悪《わり》ぃ悪ぃ』

へらへら笑いながら彼は言った。

『途中までは店の二階から見てたんだけどさあ、お前があの気の弱そうな男と喋りだして、じゃあそろそろ俺も下におりっかなって腰上げたとこへ、先輩から電話かかってきちゃったんだよ』

先輩。あたしは会ったことがないけど、タクヤをこれだけビビらせるなんて、いったいどんなやつなんだろう。

『呼び出されちまって、今まで何だかんだパシリやらされてたわけよ』

と、いうことは、眼鏡の男とつながっているのはその先輩ということか。タクヤ本人は自分がはめられているとは微塵《みじん》も思っていないようだ。羨ましいくらいの能天気さだった。

あたしの無事より、先輩の用事のほうが大事だったんだね、と言ってやると、タクヤはひっくり返った声で、当たり前だろ、と答えた。

『だってしょうがねえじゃん。相手が先輩じゃ、俺から断るわけにいくかよ。けどお前、あのあと適当に逃げられたんだろ？　まさか俺が行かなかったからって、まんまと連れ込まれちまったわけじゃねえよなあ？』

勘ぐるような声に、そんなわけないじゃない、とあたしは言った。自分でも驚くくらい、淡々とした声が出た。眼鏡の男からもらったお金を何かに遣う気にはとうていなれなかったけれど、タクヤなんかに渡してやる気にはもっとなれなくて、あたしはそれを駅前でやっていた赤い羽根の募金箱に全額つっこんだのだった。

でも――お金を受け取ってしまった事実は変わらない。あの瞬間を境に、あたしは、とうとうほんものの〈娼婦〉になってしまったのだ。あるいは、おばあちゃんの言っていた〈バイタ〉に。実際にセックスをしたかどうかなんて関係ない。人前では本来できるはずがないくらい恥ずかしいことをして、裸足の足もとに男の放出するものを受け、その行為の代償としてお金を受け取る。それが娼婦であり売女でなくて何だろう。

自分の部屋のベッドできつく体を丸めたまま、あたしは、いつものように父さんがどこかへ出かけた後の日曜の午後いっぱいを、ぼんやりと一人きりで過ごした。歩太さんが心配するだろうから、今日は少し風邪気味だから行けないとメールだけ送ったけれど、それ以外は何ひとつする気になれなかった。ごはんも食べなかったし、水も飲まなかった。窓の外の物音や、家の壁や柱がたまに軋む音だけを聞くともなく聞いているうちに、部屋の中に射す光はゆっくりと移動していった。

携帯が振動したのは、薄暗くなってからだった。音を消してあったせいでつい、反射的に期待しながら飛びついてしまう。

でも、ひらいてみたらほんとに歩太さんだった。あたしが家にいることと、いま電話していても大丈夫かどうかを確かめた上で、彼はそっと訊いてくれた。

『具合はどう?』

「もう、だいぶいいみたい」

おかげさまで、と付け加えると、歩太さんはくすくす笑いだした。

「え、何? あたし、何かおかしいこと言ったかな」

『いや。茉莉って時々、えらく大人びた口のきき方をするなあと思ってさ。礼儀正しいのは、おばあちゃんに躾《しつ》けられたからかな』

たぶんね、とあたしは言った。

『もちろんいいことなんだけど、ほら、ふだんのやたらと泣き虫の顔のほうも知ってるだけに、つい、ね。ギャップが面白くて』

「ひどい」

『ごめんごめん』

なおも笑みを含んだ声だった。

ああ、胸が痛い。あたしがほんとはどんなに汚れた存在か、このひとに黙っているのがすごく辛い。でも、知られるのはもっと辛いし、怖い。どちらも選べなくて心臓が二つに引き裂かれそうだ。

どこかの国に、そういう古い刑罰があったな、と思ってみる。何頭かの馬に手や足をくくりつけられ、体を引き裂かれる刑が。あたしなんか、その時代に生きていたらきっとそういう目に遭っていたんだろう。

『明日は学校へ行けそう？』

と、歩太さんが訊く。

「たぶんね。起きてみないとわからないけど」

『無理はしないほうがいいよ。あと、食事とか家のことをするのが大変だったら、お父さんにそう言っていいんだからね』

「え？」

『茉莉はほら、黙って無理し過ぎちゃうところがあるだろ。でも、本当はまだ十五なんだからさ、できない時はできないって、親に甘えてもいいんだよ。お父さんだって、おなかが空けば自分で何か食べるだろうし……っていうか、今は茉莉が病人なんだから、お粥《かゆ》とか、堂々と作ってもらえばいいんだ。こういう時ぐらいは甘えてあげたほうが、お父さんも嬉しいんじゃないかな』

　ゆっくりゆっくり話してくれる彼の声を聞きながら、あたしは黙っていた。他の何が通じ合えたように思えても、こういうところだけは歩太さんには絶対わからないのだ。

　それでも、以前タクヤが、お前の親父だって腹が減れば自分で食べると言った時とは違って、苛立たしさは覚えなかった。歩太さんはただ、親ならば自分の子を愛して当然と信じているだけだ。そういう親の家で育ったからこそ、彼は、こんなあたしや乱暴者のマサルにも優しくしてくれる。恨めしく思うことなんてできなかった。

「歩太さんは、晩ごはん何食べるの？」

　ちょっと無理やりだけれど話をそらす。

『うーん、何だろうな。今夜は社長と約束があってさ』

　歩太さんがときどき看板描きの仕事を頼まれる『菊池《きくち》塗装店』の社長は、ムニールさんという名前だった。パキスタンの人だそうだけど、日本に来て長いし、婿入りするほど惚《ほ》れ込んだ奥さんももちろん日本人なので、言葉はまったく不自由ないらしい。

〈茉莉ちゃんにも今度紹介するね。ものすごくいい人だから〉

　そう言っていたのは夏姫さんだった。いい人の周りには、いい人が自然と集まるってことなんだろう。あたしの周りとは逆だ。

『今の現場が信濃町《しなのまち》だから、たぶんあのへんの近くで落ち合って、適当なとこ入って食ったり飲んだりすることになるんじゃないかな。あのひとと俺の二人じゃ、わざわざこじゃれた店に行っても浮くだけだしね』

そうでしょうね、たしかに、と真面目くさって答えてあげたら、歩太さんは、どちらかといえば貶《けな》されているのに嬉しそうに笑った。

『元気になったらまたおいで。夏姫も心配してたよ。さっき慎一くんと一緒にちょっと寄ってったんだけど、二人とも茉莉に会えなくて残念がってた』

ありがとう、とあたしは言った。あのひとたちの信頼も裏切っているのだと思ったら、喉の奥が狭まってきりきり痛んだ。

「ザボンは？」

『うん。やつも寂しがってる』

「でも、元気にはしてるよね？」

『一応ね。あ、そういえば茉莉、知ってた？　あいつさ、俺にさえめったに腹とか撫でさせないんだよ。毎日カリカリをやったり水を替えてやったりしてるのは俺なのに、茉莉がそばにいる時だけなんだ、あいつが人におなか見せるの』

ひとしきり他愛のないことを話してから、歩太さんは言った。

『とにかく、ゆっくり早く治しなさい』

お医者様みたいな口ぶりだった。

「歩太さん、何かあたしに用事があったんじゃないの？」

『うん？　あったさ、そりゃ』

「なに？」

『茉莉の声を聞くこと？』

「…………」

『あ、こら、ちょっとちょっと。そこは笑ってくれないと、こっちが照れるでしょ』

言いながら歩太さんのほうがげらげら笑いだしてしまって、じゃあお大事に、早く寝なさいよ、と電話は切れた。どうやらほんとに照れているみたいだった。

画面の暗くなった携帯を二つにたたみ、ぎゅっと胸に押しつける。そのまま、ベッドに再び横になって目を閉じた。

そうしていると、歩太さんの声だけで頭の中がいっぱいになって、今だけは、他のすべてのことを忘れていられる気がした。あんなに人を落ち着かせてくれる声ってあるだろうか。よく動く大きな喉仏に、びりびりと響く低い声。それだけでセラピーみたいだ。

と、抱えていた携帯が再び振動を始めた。

言い忘れていたことでもあったのかと急いで起きあがりながらひらいて、名前を見るなり、こめかみがスーッと冷たくなっていく。

『おう、どこにいンだよ』

タクヤの声が言った。金属質の耳障りな声だった。

「家だけど」

『今から出てこいよ』

「無理。もうじき父親が帰ってくる時間だし」

『いいから、ぐちゃぐちゃ言わずに来いっつったら来い。俺に向かって無理だとか何とか言わせねえぞ。お前、自分の立場わかってんのかよ、ええ？』

電話なのに唾が飛んできそうな勢いだ。毎日の気分にぜんぜん脈絡がなくて、いつキレるかわからないのがほんとうに厄介で面倒くさい。

溜め息を押し殺しながら、あたしは時計を見やった。もうすぐ六時になろうとしている。父さんが何時に帰ってくるのか、このごろでは不規則で見当がつかない。その時あたしが家にいてもいなくても、顔を合わせずに済むのならあのひとは気にもかけないいんじゃないかと思った。そんなふうに思ってしまった自分に、ちょっとびっくりした。

いずれにしても、出かけるつもりなら急いだほうがよさそうだ。鉢合わせだけは避けなくてはならない。

「どこへ行けばいいの」

『池袋……いや、東長崎。俺んちより、駅前のほうがいいな』

「七時まで待って。それより早くはほんとに無理」

チッと舌打ちが聞こえたけれど、結局タクヤは折れた。

『わかったよ、しょうがねえな。そのかわり遅れンなよ』

返事をせずに通話を切るなり、あたしは立ちあがった。くらりと眩暈《めまい》がして、その後で天井がゆっくり回転した。

実際には風邪なんかひいていないのに、歩太さんとそのつもりで話していたせいか、体の節々までだるいような錯覚に陥る。昨日の疲れが、まるで濡れた髪の毛みたいに足もとにねっとりとまとわりついて離れない。

無理やりふりきるようにして部屋を出ると、あたしは冷蔵庫を開けた。

最短時間でできる夕食のメニューを考えて、それだけはテーブルの上に用意してから出かけなくてはならない。父さんを置いて留守にするなら、なおさら。

†

いったいどういう料簡《りようけん》でいれば、自分の身に降りかかるかもしれない災厄を前にこうも無防備でいられるんだろう。使える脳味噌がちょっとでもあったら、点と点の間を結ぶ線くらい容易に見えてきそうなものなのに。

隣に座っているタクヤに対して、あたしはこれまででも最高レベルの苛立ちを覚えていた。この男の脳味噌といったら、ジュラ紀の恐竜よりもお粗末に違いない。オスのカニ味噌程度にも詰まってないかもしれない。きっとそうだ。そんな情けないやつが自分の初めての男だということを、あたしはこの先、どんな思いでふり返ればいいんだろう。

イライラとそんなことを思いながら、本当はあたしにもわかっていた。こんなに苛立つのは要するに、そういうあたしこそが、愚かで、無防備で、カニ味噌だったからなのだ。タクヤを見ていると、この程度の男のそばにしか避難場所を作れなかった自分が、情けなくて痛々しくてたまらなくなる。

東長崎から池袋方面へ向かう線路沿い、タクヤがあたしを急《せ》き立てながら連れていったのは、何のことはない、ひと月ほど前、歩太さんや夏姫さんと一緒に来たことがある居酒屋だった。あの時は、夏姫さんの勧める画廊に誰だかの個展を見に行ったのだった。歩太くんも早く描きためてよね、と言う夏姫さんに、苦笑いで応えていたのを覚えている。三人でたくさん食べた。友人だと言うお店のスタッフがデザートをおまけしてくれたりして楽しかった。でも今夜は――。

L字型の店内、奥まったテーブル席で待っていると、やがて、黒ずくめの服装をした大柄な男がやってきた。

へんに色が白い。髪は短く刈り、眉は女のように細く剃っていて、その下にある目はちょっと見たことがないほどの三白眼だった。

バネ仕掛けよろしく立ちあがったタクヤが、誤作動を起こしたみたいにへこへこと頭を下げる。隣り合ったテーブルのお客が怪訝《けげん》そうにこちらを見た。

「先輩、こいつがマリです」

そしてタクヤは、あたしに向かって真顔で訊いた。

「苗字《みょうじ》、何だったっけ」

あきれて返事をせずにいたら、三白眼の男が言った。

「『何だったっけ』ってよ」

「……天羽」

「アモー？　変わってんな」

言ったきり、男はもう興味を失ったようだった。

「マリ、あのさ、この人が加納《かのう》先輩」

ようやく腰をおろしたタクヤがおもねるように言った。

「俺、いつも話してただろ？　加納先輩にはすげえ世話になってて、ほんと頭上がらないんだって」

「知らない」

「おいっ、マリ！」

「だって聞いたことないし」

名前までは、と胸のうちで付け加えて、あたしはグラスの水を飲み、おしぼりで濡れた手を拭いた。

加納先輩とやらは、タクヤがおろおろと弁解するのには目もくれず、無遠慮にこっちを値踏みしている。あたしは知らないふりで、そのじつ全身に透明なバリアを張り巡らせて彼の視線をはね返そうと努めた。

御しやすい、と思われたら負けだ。タクヤの言いなりだと思われても負け。あたしにとってどうしても大切にしたいものを守りきるためには、何とかしてここで踏みとどまってみせなくてはならない。

どうせタクヤはまだ、なんで二人して呼び出されたかなんて考えもしていないだろうけれど、昨日の一連のことに、この男は絶対関わっている。年格好からいって眼鏡の男のほうが立場は上だろうし、二人がどれくらい密な付き合いかもわからないけど、いずれにしても、ちょっと脅せばすぐ屈する女だなんて思われるわけにはいかない。甘く見られたが最後、果てしなく食い物にされるのがおちだ。この男をひと目見た瞬間に、あたしの中でけたたましく鳴り響いた警報はそれだった。

加納が、店のメニューをひらりと掲げて店員を呼び、あたしたちには訊きもせずに高いものを次々に頼んでいく。タクヤの顔色がやたらと青いところを見ると、支払いはこっち持ちってことなんだろう。

ようやくメニューを二つにたたんで隅へ押しやると、加納はタクヤを見た。冷蔵庫の隅で萎《しな》びてしまったキャベツでも見るような目つきだった。

「昨日は御苦労さんだったな」

「あっ、いえ」

電話で言っていたパシリの仕事のことだろう。そのせいであたしはあんな目に遭ったのに、ねぎらわれて首の後ろなんか掻いているタクヤが腹立たしくてたまらない。

と、加納があたしに目を移した。

「そっちは、いくらか稼げたのかよ」

ぎくりとなったのを押し隠し、あたしは言った。

「何のこと？」

「はっ、そこでとぼけるか。俺がこいつを呼び出した後、お前、堀田《ほった》さんにどっか連れこまれたんだろ？　どうだよ、ちゃんと気持ちよくして差しあげたかよ」

隣でタクヤが、何の話かわからないといったふうに加納とあたしを見比べている。

〈彼氏には、しらばっくれとけばいい〉

あたしは、一か八か、加納の目をまっすぐに捉えて言った。

「へえ、堀田さんていうんだ、あの人。ちょっと薄気味悪いけど、わりといい人よね。

ホテルの入口であたしが騒いだら、面倒になったみたいで見逃してくれたし」

加納の三白眼がすうっと細くなる。ばくばく暴れる心臓を抑えつけ、あたしは構わず言った。

「知り合いなら、こんど謝っといてよ。『タクヤがバカなせいで御迷惑かけました』って」

「おま、先輩に向かってその口のきき方……！」

慌ててあたしの肘を引っぱるタクヤに、あんたが憤慨するべきポイントはそこ？　とツッコミを入れたくなる。

生ビールが二つと、オレンジジュースが運ばれてきた。昨日の自動販売機のジュースを思いだして、見ただけで吐きそうになる。

眉を寄せていると、ふっ、と加納が嗤《わら》った。

「お前、歳はいくつだっけ」

「タクヤから聞いてるんでしょ」

「俺は、お前に訊いてる」

「……十五だけど」

「だよな。それ聞いた時は、まだほんのガキじゃねえかと思ったけど、なるほどな。妙な色気がありやがんのな」

全然嬉しくない評価だった。

皿にのった乾き物と一緒に、煮物の小鉢が届いた。続いて、巨大なホッケを焼いたのと、サイコロステーキも。ふだんなら匂いに刺激されておなかが鳴ってもおかしくないのに、あたしの胃は縮こまってぴくりとも動かない。

「おい、タクヤ」

「はい！」

「お前さあ。最近、このガキ使っておかしなことやらかしてんだって？」

「えっ。……あ、いやそんな、」

「ちまちまちまちま、素人を引っかけちゃあ、えらく姑息なやり方で小遣い稼ぎしてるっていうじゃねえかよ。うん？」

ようやく事態の深刻さがわかったのだろう。膝の上で握られたタクヤの拳《こぶし》が、おかしいくらい震えだす。これが演技だったら、わざとらしすぎて「カット！」の声が飛びそうだけど、今そんな小芝居を打つ余裕がこの男にあるわけない。

唐揚げがやってきて、テーブルの真ん中に置かれた。加納がすぐさま、熱々のを頬張って咀嚼《そしゃく》する。

「なあ、タクヤ」

「……はい」

「呼ばれたらこっち向けよ」

弾かれたように顔を上げた彼に、加納は薄笑いを浮かべながら言った。

「俺はさあ。その件について、お前からまだ何にも聞かされてねえ気がするんだけど、まさかそんなはずはねえよなあ」

「せ、先輩」

「きっと、あれだ。このとおり俺の頭が悪いもんで、せっかく聞いたのに覚えてらんなかっただけだよな」

「あの先輩、俺……」

「堀田さんっていうのはさ」ちらりとあたしを見ながら、加納は続けた。「この俺の、そのまた先輩でさ。まあ、お前にしてみりゃあ、そのへんの近所で中坊からカツアゲすんのと変わらねえノリだったんだろうけど、あの人のいるような世界じゃ、そうそう簡単なこっちゃねえわけよ。一回や二回ならまだしも、それが三回、四回と続いたんじゃさ。そりゃ黙って見逃すわけにもいかんわな」

タクヤは、しきりに手汗をデニムの腿《もも》にこすりつけている。横目で見やると、真冬のプールから上がってきた人みたいな顔色をしていた。

あたしの指先も、凍傷にかかりそうに冷たい。堀田という人の職業については勘が当たったわけだけど、加納のこれは、どういう脅しなんだろう。このままタクヤごとあっちの世界に引っぱりこまれてしまったら、もう、今までとは次元が違う。本当に穴の底の底まで堕ちて、二度と這い上がってこられなくなる。いやだ。それだけは絶対にいやだ。

「いらっしゃいませー！」

店員のやたらと元気な声が響く。外の風とともに入ってきた家族連れが視界の隅に映る。笑い声も、食器の音も、どこか遠い別世界から聞こえてくるようだ。

加納はサイコロステーキを一つ二つ口に入れ、ホッケの身をいちばん分厚い部分だけほじくったものの、さほど空腹ではないようでそれ以上は食べなかった。たくさん頼んだのは単にタクヤへの見せしめの一環らしい。

「なあ、タクヤよ。なんか俺に言うことはねえのかよ」

痛々しいほど狼狽《うろた》えたタクヤが、震える声で言った。

「す……すみません」

「あ？　何が」

「せ、先輩に黙って、勝手にふざけた真似してすみません！」

長々しい溜め息をついてみせたあと、

「まったくだな。へたすりゃお前、指の骨を端から一本ずつへし折られてたとこだぞ」

淡々と加納は言った。犬みたいに浅く喘《あえ》ぎ始めたタクヤを眺める。

「しかしまあ、要するにあれだ。〈勝手に〉ってとこが問題だったわけでさ。こっちからきちっと筋を通して、渡すものは渡してのことなら、堀田さんも別に文句はねえだろうよ。いろんな仕事のやりようもあるしよ。なあ、マリ」

　思わずびくっとなってしまった。

「……あたしは関係ないし」

「ンなわけねえだろうが」含み笑いをする。「堀田さん、お前のことけっこう気に入ってたみたいだぞ」

あたしは黙っていた。この男はどこまで聞かされているんだろう。あいつの特殊な性癖や、あたしとホテルに入ってからの一部始終まで知っているんだろうか。それとも、カマをかけているだけだろうか。

「それはそうと、なあタクヤ。この女、どうやって捕まえたんだ？」

「えっと……」

「お前程度のもんが、こんな上玉に言うこと聞かせるには何かこう、あるだろ。もしかして、あれか。弱みか何か握ってんのか？」

視線をやたらとあちこちにさまよわせたタクヤが、乾いた唇を舐め、観念したように白状した。

「まあ、そういうことっス」

目の前が真っ暗になる。こいつにだけは知られたくなかったのに。

「やっぱりな。でなきゃ、どう考えてもおかしいもんな。……で？　もうさんざんヤってんだろ？　こいつのあそこの具合、どうよ」

「ちょ、やめてよ！」

少しも声を落とすことのない加納を、慌てて止めようとしたのだけど無駄だった。

「このチビ相手にサカって腰振ってんだろ？　どうだよ、抱き心地は、あ？」

「や、その……」

「この歳で、この顔で、この体だもんなあ。そりゃたまんねえよなあ」

隣のテーブルの客が話をやめてこっちを見たけれど、加納が睨み返すと慌てて目をそらした。

「なあ、答えろって。あそこの締まり具合はいいかって訊いてんだよ」

タクヤは大汗をかいて口ごもりながら言った。

「えと……はい。めっちゃいいス」

箸で目を突いてやりたかった。

加納が、あたしを見た。今まででいちばん長い凝視だった。

「お前、親は？」

答えたくないから黙っているのに、横からタクヤがへつらうように口を出す。

「父親しかいないんスよ。それも、こいつのことなんかほったらかしで。身内なんかほとんどいねえようなもんです」

「ふうん？」

いやな感じにほくそえんだ。

唐揚げをもう一つ食べ、ビールで流しこむ間も、舐め回すような視線を隠しもしない。

衆人環視の中、裸に剝かれていくみたいでぞっとする。

やがて、おしぼりで口もとを拭った加納が、ふいにそれをほうりだした。

「そろそろ帰るわ」

「え、あの、先輩？」

「てめえにする話はだいたい済んだしな。堀田さんもまだ本気では怒っちゃいねえようだし、しょうがねえ、今回だけは見逃してやる」

タクヤの体じゅうから、みるみる力が抜けていくのがわかった。そのままよろけてテーブルに突っ伏してしまうかと思うほどだった。

「すいません、先輩。ありがとうございます！」

泣きそうな声で言いながら頭を下げるタクヤに、加納は鷹揚《おうよう》に笑いかけた。

「ただし、二度とちょろまかせると思うなよ。次はねえからな」

「はい！」

「じゃ、今後のことはまた連絡する。ごちそうさん……ああ、そうだ」

立ちあがりざま、だった。テーブルの向こうから手が伸びてきて、あたしの二の腕をひっつかんだ。ひっ、と思わず悲鳴をあげたあたしを嬲《なぶ》るように見おろしながら、加納は言った。

「この女、俺がもらうわ」

「先輩！」

タクヤが腰を浮かす。

「こんな居酒屋じゃ、帰りの土産《みやげ》も出ねえしさ。お前にはちょっともったいねえ玉だし」

「やっ！」

必死にふりほどこうとしたら、

「うるせえよ」

加納は、獰猛《どうもう》な犬みたいに歯をむき出して笑った。あたしの耳もとに顔を寄せてくると、今日初めて声を落として言った。

「な。俺の女になっちゃえよ」

「絶対やだ」

「やだじゃねえよ。タクヤに弱み握られてんだろ？　だけどそいつは、俺の言うことなら聞くんだからさ。ここでみっともなく騒がないほうが、いろいろと身のためってやつなんじゃねえの？」

「あの、先輩……」中腰のままのタクヤが、手を出そうとしたり引っこめたりする。

「そいつはあの、何ていうかあの、」

「まさか文句はねえよな」

「いや、でも、それだけは勘弁して下さいよ」

「なんでよ。お前、こいつに惚れてんの？」

「や、そういうあれじゃ……」

ないんですけど、と卑屈な薄笑いを浮かべながらタクヤがまた目をそらす。

加納はもう、彼には目もくれなかった。あたしを引きずるように立たせて出入口へ向かい、レジの店員に向かって後ろのタクヤを指差した。

「金はあいつが払うから」

あたしを引っ立てて外へ出る。昨日の眼鏡男よりもずっと力が強くて、抵抗しようとしても、まるで社交ダンスでもしているみたいに軽々とあしらわれてしまう。

夜道を池袋のほうへ向かって歩きだすと、少し後からタクヤが財布もしまわないまま転がり出て追いかけてきた。

「先輩！」

「何だよ。ついてくんなよ、ボケ」

「すいません。けど先輩、頼んますよ、そいつだけは勘弁して下さいよ」

チッ、と頭上で舌打ちが聞こえた。いきなり立ち止まる。あたしの腕は力任せにつかんだままだ。

「おい、タクヤ。お前、いいかげんにしとけよ。俺に女取られんのがそんなにイヤかよ」

「えっと、それは……」

「まあ、イヤでもしょうがねえよな。ほんとに取り返したけりゃ、俺と喧嘩やって勝ちゃいいんだ。簡単な話だろ」

人気《ひとけ》のない静かな夜道に、声が大きく響く。ネズミをいたぶるような緩慢な口調で、加納は続けた。

「けどさ、お前にそれができんのか？　俺と殴り合って、勝てると思うわけ？　てか、殴りかかってくることさえできねえだろ？　できねえよな？　な？」

そこまで言われても卑屈にへらへら笑っているタクヤを、あたしは見つめた。

こんなやつに助けを求めたくはない。でも、加納よりはまだマシだ。タクヤなら、あたしが一応言うことを聞くふりさえしていればそれ以上の無茶なことはしないだろうけど、加納は違う。この男は、あたしにはコントロールできない。

「タクヤ」声が震えてしまう。「お願い、助けて」

とたんに、加納の高笑いが降ってきた。

「無駄だっての。拳握る根性もねえやつにいくら言ったってさ」

うつむくタクヤの顔をひょいと覗きこむ。

「な、諦めな。世の中、しょうがねえことはあるんだよ。ま、あれだ。しばらくヤるだけヤりまくって、そのうちこいつに飽きちまった時は返してやるよ。その頃にはもう、お前なんかにはガバガバのユルユルになってってっかもしんねえけどなあ」

「……ち、きしょう」

と、初めてタクヤが唸った。

「お。やんのか？」

でも、それが精一杯だったらしい。タクヤは、慌てて再び薄笑いを顔に貼りつけると、いいえ、何でもないス、すみません、と言った。

もう、誰に助けを求めることもできない。それがわかったとたん、体から力が抜けた。

「はん。やっと諦めたかよ」

街路樹の暗がりでも、加納がにやりと歯を見せたのがわかった。

「心配すんなって。こんなやつより、俺とヤるほうがずっと気持ちいいぞ。今に感謝するようになるんじゃねえか？」

どうだっていい。そんなのもう、どうだってよかった。ぼろぼろに疲れきったロバみたいに、加納に引かれるままよろけながら歩きだしたとたん、何もないのに蹴つまずいて膝をついてしまった。

「おい。ちゃんと歩けって」

転んだ子どもを引っぱりあげるように、あたしの腕を上に引く。

だめだ。立ちあがる気力もない。膝にぜんぜん力が入らない。

「おいこら、ふざけんなよ？」

加納の声があからさまに苛立つ。

「お前も、痛い目見ねえとわかんねえ女か？」

つかまれている腕に力が加わる。万力で締め上げられるようだ。

「痛っ……」

引きずられながら、耐えきれずに身をよじった、その時だった。

ファンッ、とクラクションが鳴らされ、白っぽいワゴン車が路肩に寄ってきて止まった。加納が反射的に手を放し、タクヤは逃げ腰になったものの、先輩の顔色を気にして動けずにいる。

あたしは、歩道にへたりこんだまま、ぼんやりとその車のタイヤを見つめた。銀色のホイールに、色とりどりのペンキがはねている。上のほうから、誰かがあたしの名を呼ぶ。そんなはずはない。朦朧《もうろう》として、夢でも見ているに違いない。

「茉莉！」

もう一度呼ばれた。この、声……。

目を上げると、ワゴン車の横腹には大きな文字で『菊池塗装店』と描いてあった。運転席のドアが開いて、誰かが飛びだしてくる。聞き慣れた声、見慣れた服。

「……う……そ」

まさかと思ったけど、本当に――ほんとうに？

助手席からも、誰かもう一人降りたようだ。その間に歩太さんはガードレールを大きくまたぎ越してあたしのそばへ駆け寄ってくると、かがみこみ、詰問するように言った。

「どうした、茉莉。怪我は？」

あたしの答えを待たずに、険しい目で傍らの加納を、そして彼の出現にうろたえまくっているタクヤを睨みあげ、加納のほうに目を戻す。視線をそらさないまま、重ねてあたしに訊いた。

「知り合い？」

何て言えばいいんだろう。そうなのかもしれないけど、そうじゃなくていい。

あたしは、きっぱりと首を横にふった。加納が大きな舌打ちを漏らす。

「てめえ、自分のカレシまで売るか。たいした女だなあ」

「う……」あたしは声を絞り出した。「売ったのはあっちじゃん！」

隣で歩太さんが静かに息を吸いこむのがわかった。

「あんたら、この子をどうするつもりだった？」

聞いたこともないほど剣呑《けんのん》な声だ。

「誰だよ、てめえ」

加納が、肩をそびやかせて凄む。いやだ、怖い。こいつ、何するかわからない。あたしのせいで、何の関係もない歩太さんに危害が及ぶなんて……と思った時、

「俺か？」歩太さんが言った。「俺は、この子の保護者だよ」

誰よりあたしがいちばんびっくりしたと思う。

「なんだと？　嘘つけ」

「なんで嘘だと思うんだ？　あんたらこそ、保護者が出てくると不都合なことでもあるのか？」

言いながら、歩太さんがあたしをゆっくりと背中にかばう。広い背中だった。泣きたいくらい大きな背中だった。

加納の革靴が、一歩後ろへ下がる。

「おい、てめえ、タクヤ」

背後に向かってひどく忌々《いまいま》しげに言った。

「お前、こいつには身内はいねえも同じだって言ったよなあ。こんなややこしいのが出てくるなんて聞いてねえぞ、こら」

「いやあの、こいつはその……」

言いかけて、なぜか口をつぐむ。この場で、自分の握ったあたしの弱みこそがこの男だ、と加納に入れ知恵する頭もないらしい。だって、まさかタクヤがあたしをかばうはずはない。相変わらずおろおろと見ているだけのくせに、一人で走って逃げないのも、どうせ加納の制裁が怖いだけにきまっている。

「なんなら、出るとこへ出ようか？」と、歩太さんは言った。「そうなって困るのはそっちだと思うけどね」

と、ワゴン車のほうから大きな声がした。

「ああモシモシ、警察ですか？　女の子がね、乱暴されそうになってるんだケレドモ。ええと、ここは東長崎の……」

狼狽《ろうばい》を見せた加納に向かって、

「どうする？」歩太さんが追い打ちをかける。「今のうちにおとなしく消えたほうが身のためじゃないのか？」

「てめえ、ふざけやがって……」

言いかけた加納が、口をつぐんで目を上げた。見ると、さっきの居酒屋から、どやどやと客の一団が出てきたのだった。学生だろうか、五、六人が笑いあい、もつれあいながらこっちへやってくる。

空気の動く気配に目を戻すと、

（……え？）

加納の背中が、ふっと闇に溶けるところだった。捨てゼリフさえなかった。

慌てて後を追いかけようとしたタクヤに、

「待てよ、お前はまだだ」

歩太さんの低い声が飛ぶ。タクヤは、びくっと竦《すく》んで立ち止まった。

「社長、すいません。ちょっといいですか」

「はいはい」

車のそばにいたもう一人のひとが、よっこいしょ、とガードレールをまたぎ、あたしの傍らにしゃがみこむ。

「大丈夫？　お嬢さん、怪我はない？」

大丈夫です、と答える声が耳障りなほどにかすれる。あたしをそのひとに預けて、入れ替わりに歩太さんは立ちあがった。どうするのかと思ったら、タクヤのそばへ行って目の前に立った。とたんにタクヤが、輪をかけておどおどと挙動不審になる。

こちらをふり返って、歩太さんは言った。

「茉莉。さっきの話だけど、こいつが、あの男にきみを売ろうとしたわけ？」

あたしは迷った末、頷いた。

「ちょ、待ってくれよ。しょうがねえじゃん」タクヤの声がうわずる。「俺だってそんなことしたくねえけど先輩に言われちまったら……」

必死に弁解を重ねるのをさえぎって、歩太さんは言った。

「そんなことはどうでもいい。お前は、茉莉と付き合っていながら、彼女が危ない目に遭うところをそのまま見過ごしにしようとした。そうだな」

地を這うような声に、歩太さんの怒りがどれほどのものかがわかる。なのにタクヤは、薄っぺらいごまかし笑いを浮かべて言った。

「や、けど俺はその、付き合ってるっつってもべつにアレだし、そいつのために体張る責任はないっつうか、そんなことまで期待されちゃっても困るっつうか……だいたいあんただって、保護者ヅラしてそいつとヤりまくってんだろ？　人のこととやかく言えんのかよ」

「茉莉」

今度はふり返らずに、歩太さんは言った。

「こいつ、一発殴っていい？」

えっ、と息を呑むより早く、鈍い音がして、タクヤの頭が黒いボールみたいに後ろへ吹っ飛ぶのが見えた。たたらを踏んでよろけ、歩道の植え込みの中へとぶざまに倒れこんだタクヤは、すぐにもがいて上半身を起こし、呻《うめ》きながら顎を押さえた。唇の端が切れて血がにじみ、鼻血も垂れていた。

歩太さんが、なおもタクヤの襟首をつかんで引き起こすのを見て、

「やめて！」

あたしは思わず叫んだ。

歩太さんが寸前で手を止める。

タクヤの襟を、ゆっくりと放して言った。

「一発、って言ったろ」

そして、大きな息を吐いた。

もしかして、あたしがタクヤの身を案じて止めたと思われたのかもしれない。違う、と叫びたかった。そんなやつ、どうなったっていい。ボコボコにして海の底にでも沈めてしまえばいい。ただ、そいつを敵に回したら、もしかするとまた逆恨みして、歩太さんやザボンに何かするかもしれない。あたしはタクヤが怖いんじゃなくて、歩太さんたちが傷つけられることが怖いのだ。

タクヤが、あたしのほうを見て何か言おうとする。でも、もごもごと唇が動くだけで、結局は言葉にならなかった。

「失せろ」と、歩太さんが言った。「二度とこの子に近づくな。あの男にもそう言っておけ。今度見かけたら――本気で、殺すぞ」

後ずさりしたタクヤが、歩太さんの手の届かない距離まで離れるなり、転げるように

つんのめりながら走りだす。いっそ指さして嘲《あざけ》り笑ってやりたいくらいぶざまな姿だったのに、笑えなかった。あたしはただただ、ぼうっと放心していた。

一部始終を黙って見ていた社長が、あたしを促し、立ちあがるのに手を貸してくれる。

「ほら、立テル？　もう大丈夫ネ。じつは警察は嘘なんだケレドモ、僕、お芝居上手だったデショ」

そばに戻ってきた歩太さんが、社長に低くお礼を言ってから、ようやくあたしに視線を向けた。

「茉莉……」

その顔が、みるみる歪んでいく。歩太さんのこんなに怖い顔を初めて見たかもしれない、と思った時、

「ばか！」

思いっきり怒鳴られた。

「何やってんだよ、こんなとこで！」

あまりにも激しい口調に縮みあがった、次の瞬間――抱きしめられていた。加減も忘

れたかのような、ものすごい力で。

歩太さんの心臓の音が、ダイレクトにあたしの耳から聞こえてくる。どくん、どくん、ふだんよりは疾《はや》くなった動悸。体が小刻みに震えているのは、さっきの興奮の名残りか、それとも安堵のせいだろうか。太い腕は、あたしという壊れかけの荷物を守るための頑丈な木枠のようだ。

「……ごめん、なさい」

泣きだしてしまいそうになるのを、必死にこらえて繰り返す。

「ごめ……ごめんなさい。ほんとに、ごめんなさい」

「よしよし、かわいそうに」横から社長が慰めてくれる。「うんと怖かったデショ。もう大丈夫ネ、よしよし」

何台かの車が通り過ぎていっても、歩太さんはなおもしばらくの間、あたしを力いっぱい抱きしめて放さなかった。

やがて、ふう、と息をついた。そろりと腕が解《ほど》けていく。

あたしに向かって何か言いかけた歩太さんは、目を落として、あ、と言った。

「社長、すいません」

「うん？」

「社名入りのタオル、一枚新しいのをおろしてくれますか」

「いいけど、どうしたの」

「いや……さっきちょっと当たったらしくて」

覗きこむと、歩太さんの右手の拳は、てっぺんの尖ったところから手の甲にかけて真っ赤に染まっていた。

思わず口を覆って絶句してしまったあたしに、けれど歩太さんは、心配ないから、と言った。タオルをぐるぐる巻きつけ、ほろ苦く笑う。

「駄目だな。相変わらずへたくそで」

「え？」

「いや。考えてみたら、人を殴ったのは十四年ぶりだと思ってさ」

†

押し寄せる安堵の奔流に呑まれて、息が詰まりそうだった。これでもう安全だ。助かった。これ以上、怖い思いはしなくていい——そう思う一方であたしは、今すぐ消えてしまいたいほど恥ずかしくて、ワゴン車の助手席で小さく体を縮めていた。

本当は、歩太さんにだけは見られたくなかった。

いったい、なんて思われただろう。風邪をひいたなんていうあたしの嘘を信じて、夕方にはわざわざ体調を案じる電話までかけてきてくれたのに、そのあたしが同じ晩に男二人と、それもどう考えたってまともではない男たちと一緒にいるのを見てどう思ったことだろう。

「ものすごく幸運だったですネ、僕らが近くにいて」

と、後部座席のムニール社長は言った。たしかに日本語はペラペラだけれど、ところどころがものすごい早口の巻き舌になる。

「ちょうど、この先のレストランまで食事に行くところだったんだケレドモ、僕、遅刻しちゃって、合流するのがだいぶ遅くなっちゃったの。そこへ、歩太くんの携帯に電話がかかってきてネ。あの居酒屋でスタッフをやってる友だちだって人から。僕がもしも歩太くんとの待ち合わせの時間をちゃんと守っていたら、こんなに早くかけつけることはできませんでしたネ。あなた、すごくラッキー」

あの時デザートをサービスしてくれたスタッフの人が、あたしの顔を覚えていて、わざわざ歩太さんに連絡してくれたのだった。男二人に囲まれておどされているようだけれど大丈夫か、と。

ラッキー——には違いないのだけれど、もし立場が逆だったら、と想像してみる。自分が心にかけていた相手が、しらじらしい嘘をついて陰でこそこそしている現場を目撃してしまったとしたら。あたしだったらきっと怒るし、あきれるし、失望する。そっちがその気ならもういい、と醒めた気持ちにもなるに違いない。そう思うと、さっきからハンドルを握る歩太さんがずっと黙っているのがとてつもなく怖かった。次に口をひらく時は何を言われるんだろう。何を言われようと、あたしの自業自得なんだけど。

「ああ、そこでいいヨ。駅で降ろしてくれれば大丈夫ダカラ」

と社長が言う。

「いや、もう少しですから家まで送っていきますよ」

「いいカラいいカラ。それよりお嬢ちゃんを早く休ませてあげて。歩太くんもまあ、言ってあげたいことはいろいろあるだろうケレドモ、今日のところはとにかく疲れてるだろうカラネ。お説教はゆっくり、また改めてしなさいヨ」

わかった？ と念を押したムニール社長は、がらがらがらと車の横のドアを開けて降りていき、またがらがらと閉めて、あたしと歩太さんに手をふった。夜目にもくっきりと彫りの深い、でも根っから優しそうな笑顔の人だった。

本当なら今夜は歩太さんと二人で食事の約束をしていたのに、「それどころじゃないでしょ、送っていってあげなさいヨ」と言って、ああして降りていってしまった。やっぱり、と思う。夏姫さんも慎一さんもそうだけど、歩太さんの周りには、ちゃんとふさわしいひとたちが集まっているのだ。

改めて、このひとの住む世界と、あたしの属する世界の差を思い知らされる。まばゆい光がまっすぐに射しこむあの家や庭と比べたら、あたしの属している世界はまるで毒々しい瘴気《しょうき》に満ちた底なし沼みたいだ。

さっきのタクヤを思いだす。

あたしに何か言いたそうだったけど、結局何も言わずに逃げるように去っていったタクヤ。

もし彼が、殴られた腹いせに、歩太さんがあたしと映っている変な画像をばらまくとかしたらどうなってしまうんだろう。想像しただけで申し訳なさに身の置きどころがなくなる。そもそもあたしが……あたしが歩太さんと関わったりしなければこんなことには、

「茉莉」

どきっとした。

「どうする？　これから」

「……え？」

「あっちこっち擦り傷とかもあるみたいだし、うちで手当てしようかと思ったけど、考えてみたら今頃お父さんが心配なさってるんじゃないかな。連絡してないんだろ？」

そうだ。なんてことだろう、父さんを忘れていたなんて。

慌てたあたしを見て、歩太さんは言った。

「とにかく家まで送ろうか」

「ごめんなさい、そうしてもらっていい?」

「いいよ、もちろん。先に電話も入れといたら?」

あたしは首を横にふった。父さんは、たとえ家にいようと外にいようと、あたしからの電話になんて出ない。

「表通りのバス停のところで落っことしてくれる?」

「何言ってんの。俺もお父さんにご挨拶するよ」

耳を疑った。

「一度はご挨拶しないとって、前々から思ってはいたんだ。きみが毎日のようにうちに来てる今の状態じゃ、きっと心配なさってるだろ? ほんとは俺一人で会いに行くより、夏姫とかも一緒のほうが安心してもらえると思うんだけど、今夜はしょうがない、とにかく事情だけ話して、」

「歩太さん」

「うん?」

「会わなくていい」

「いや、だけどさ」

「会わなくていいから。っていうか、会わないで」

お願い、と付け加えると、歩太さんは黙った。

少し先の信号が黄色になり、赤に変わる。するすると静かに車を停めた歩太さんは、信号待ちをしながら、あたしのほうを見た。

ギアを握っていた彼の左手が、ふいにこちらへ伸びてきたかと思うと、あたしの頭に置かれ、髪をくしゃりと撫でる。

「よかった、無事で」

呟くように、彼は言った。ちょうどつむじの上に置かれたその大きなてのひらの重みと温《ぬく》みが、冷えて凝《こご》ったあたしの芯を溶かしていく。

涙があふれそうになるのを懸命にこらえた。いま泣くのは、卑怯だ。何もかも全部が自分のせいで、それをわかっていてやったことなんだから、歩太さんの前で泣くのは違う。

「茉莉。彼に憐《あわ》れんでもらう資格なんて、あたしにはない。

「茉莉。もしかして何か、困ってることがあるんじゃない？」

歩太さんは言った。

「よかったら話してごらん。何でも聞くよ」

あたしは、首を横にふった。

「大丈夫。さっきのは、ちょっとした行き違いっていうか……。タクヤにも、もう会うつもりないし。助けてくれてありがとう」

歩太さんの視線が、あたしの上から動かない。困る。そんな目で見つめられると、全部話してしまいそうになる。

「何かあったら、ちゃんと相談するから」

「ほんとうに？」

あたしは頷いた。

「……わかった。とりあえず、今夜はゆっくり休みな」

信号がいつのまにか青に変わっていたようだ。後ろから軽くクラクションを鳴らされ、歩太さんは車を出した。

着かなければいいのに、と思った。このまま、永遠に、どこにもたどり着かなければいいのに。

車はほどなく細い道に入り、公園の脇を通ってマンションの前に停まった。外灯の真下だった。夏には明かりに誘われて飛び交っていた虫たちももういない。降りると、冷気が肌を刺した。

「お父さん、もう帰っておいでなのかな」

歩太さんは運転席から降りないまま、助手席側の窓を下げて言った。

「わかんないけど」

「きっと心配してらっしゃるだろうし、うんと叱られるかもしれないけど、素直に謝らなくちゃ駄目だぞ」

叱られる？　ありえない、と思ったけど、あたしは頷いた。

あの人があたしのことなんか心配するわけない。それでもあたしが家に帰ろうと思うのは、あたしのほうがあの人のことを心配だからだ。娘の存在なんてたぶん意識の片隅にもない父親。このごろでは時々、食費を置き忘れていることさえある父親。そんな人のことを気にかけずにいられないのはただ、うっかり死なれてしまうのが怖いから、それだけだ。それを心配とか愛情と呼んでいいのかどうかさえ、もうわからない。

弱い風が吹いた。夜気の中に、甘ったるい香りが漂っている。あたしが顎を上げてその香りを嗅ぐのと、歩太さんが気づくのは同時だった。

「ああ……金木犀《きんもくせい》か」

秋だなあ、と彼は微笑んだ。

「俺はここで、煙草を一本吸ってから帰るよ。もし、お父さんがまだ帰ってなかったら、友だちのところにいるって置き手紙をしてから出ておいで」

「え」

「さすがに今夜は、きみを一人にしとくわけにいかないでしょ。あいつらがまた何を言ってくるかわからないし」

「でも」

「とにかくいっぺん見ておいで。お父さんがいたら、そのまま出てこなくていいから。一応、『おやすみ』」

　そう言われて、あたしも、「おやすみなさい」と返す。

　階段をのぼる時、膝の擦り傷と打ち身がずきずきした。鍵を回す時には手首も軋んだ。さっきまでは気持ちが張りつめ過ぎていてわからなかったけど、こうしてみると体じゅうあちこちが痛い。

　そっとドアを開けて覗く。玄関の三和土《たたき》には、父さんの靴が乱暴に脱ぎ捨てられていた。

　がっかりした。

　いったんドアを閉め、廊下の手すりのところからワゴンを見おろして、運転席の歩太さんに手をふってみせる。歩太さんが、煙草をはさんだ手をあげて応えてくれたのが見えた。

　それからあたしは中に滑りこんだ。父さんは居間にいるんだろうか、それとも自分の部屋だろうか。顔を合わせないうちに手前のあたしの部屋に入ってしまおうと思ったのだけれど、驚いたことに、部屋のドアは開かなかった。驚いて、よく見ると、外鍵がかかっていた。

　一瞬、混乱した。

あたしがここにいるのに、何のための鍵……？

……そうか。父さんは、あたしが中にいるものと思いこんで、確かめもせずに鍵をかけたのだ。食卓にはいつものとおり料理ものっているから、疑問にも思わなかったに違いない。

誰もいない部屋に外から鍵をかける。いったいあの人は、何をそんなに怖がっているんだろう。薄いドアには不釣り合いなほど頑丈な銀色の鍵が、妙に滑稽なものに見える。

それにしても静かだ。人の気配がしない。もしかしてもう寝てしまったんだろうか。

そろりそろりと足音を忍ばせて居間を覗いてみて、ぎょっとなった。

父さんは、明るい居間のソファで寝ていた。正確には、ソファから上半身だけが床に滑り落ちた不自然な状態で寝ていた。

「父さん？」

呼びかけても返事はない。思いきって近づいていくと、饐《す》えたような異臭が鼻をつき、あたしは思わず手で口もとを覆った。

お酒の瓶が何本も倒れている。洋酒と、料理用の一升瓶と、あれは……うそ、味醂《みりん》？あたしが出かけたのが夕方の六時半過ぎ。それからほんの数時間の間に、いったい何をどれだけ飲んだんだろう。

「父さん、起きてよ」

口で息をしながらそばにかがもうとして、はっとなった。

ズボンの股の部分がぐっしょり濡れて、絨毯《じゅうたん》の上にまで黒っぽいしみが広がっている。これ……これって、お酒をこぼしたとかじゃなくて、まさかこの臭いって……。

「父さん！　父さんってば、ねえ！」

揺り動かしても、体がぐらんぐらんと揺れるだけで何の反応もない。息は、かろうじてしている。でもすごく遅い。ぜったいふつうじゃない。

立ちあがり、台所を突っきって、裸足のまま外へ飛びだした。もういるわけがない。手すりから身を乗りだし、下を見おろす。

そこにずんぐりとした白いワゴン車を見つけたとたん、あたしは叫んでいた。歩太さんが外階段を二段飛ばしで駆け上がってきてあたしを黙らせてくれるまで、何度も、彼の名前を叫んでいた。

†

救急車に乗せられる時も降ろされる時も、父さんはどれだけ名前を呼ばれようがただの一回も目を覚まさなかった。失禁で汚れた服を脱がせ、とりあえず病院の備品の寝間着に着替えさせてくれたのは看護師さんたちだった。ストレッチャーからベッドに移し替えられ、点滴のスタンドがセットされ、腕に針が刺されてテープで留められてもなお、父さんはぴくりとも動かずに深すぎる寝息を立てていた。

もしもあたし一人の時だったら、と思う。動顚《どうてん》するあまり救急車なんてたぶんすぐには呼べなかったろうし、いざ病院に担ぎこまれてからも、お医者様から何を説明されたってまともな判断なんかできなかったろう。

だって、耳慣れない言葉ばかりなのだ。肝機能がどうだとか、アンモニアや尿素や、黄疸《おうだん》や静脈瘤《りゅう》が……なんてあれこれ説明されても、わけがわからない。あたしにわかったのは、このままほうっておくと父さんは確実に命を落とすということだけだった。それだけで、思考回路が麻痺《まひ》するには充分だった。

でも、一緒に先生の説明を聞いていた歩太さんが、あたしに家の事情を聞きながらいろんなことを判断してくれたおかげで、結局父さんはこのまま入院し、肝硬変という病気の治療を受けることになった。治療と言っても手術とかではなく、安静にして栄養のあるものを摂《と》ったり、点滴を打って体内にたまった毒素を排出していくくらいしか方法がないらしい。とにかくアルコールはもう絶対に禁止、とのことだった。

点滴の針を刺す前、痩せこけた腕を看護師さんが消毒綿で拭った時、真っ白な綿が垢《あか》で黒く汚れるのを見て、あたしは情けなさに目をそむけた。たぶん、うちでお風呂に入らなくなった頃からもうずっと、父さんは会社へ行っていないのだ。そのことを、本当はどこかでわかっていた気がする。

しばらく前に酔っぱらって帰ってきた父さんが部屋の入口に覆いかぶさるように立ったあの時すでに、頭の後ろのあたりで警鐘はがんがん鳴り響いていたのだ。おかしい、絶対おかしい、ふつうじゃない、と。なのにあたしは聞こえないふりをした。この人がおかしいのは今に始まったことじゃないからと、見て見ぬふりをしてしまった。よれよれの服、垢にまみれた体、頭から浴びたかのようなお酒の臭い。そんな様子でまともに会社へ通えているわけがないのに、認めるのが怖くて何も考えないことにして……。

看護師さんが点滴の落ちる速度を調節し、ベッドの枕元の明かりを消す。そこまで見届けてから、あたしたちは病院を出た。

いつのまにか、真夜中を過ぎていた。午後にはまた、着替えなど必要なものを用意して持っていかなくてはならない。

走りだした車の中、ぐったりと助手席のシートに埋もれていたら、歩太さんが言った。

「茉莉、もう眠い？」

ううん、と首を横にふった。

「なんか、頭が冴《さ》えちゃって」

「俺も。じゃあ、少しドライブしようか」

「ドライブ？」

「腹も減ったしさ。ラーメンか何か食いに行こうよ」

ラーメン。現金なもので、言われたとたんに空腹を思いだす。縮れた麺に、熱々のスープ。こってりしたチャーシューと、こりこりのメンマと、ぷにぷにのナルト。思い浮かべるだけで味蕾の粒が全部立つ。考えてみたら、あたしはどうでもいいけど歩太さんまでが晩ごはんを食べはぐれたままなのだ。

「ラーメン、賛成」

「よし、決まり」

明るく声を張って言った歩太さんは、すぐ先の信号の手前でぐるっと大きくUターンした。

「どこまで行くの?」

「んー、まあ適当? どこかで降りて国道沿いを行けば、たいていあるでしょ、遅くまでやってるラーメン屋くらい」

どこかで降りて、というのは車をという意味かと思っていたら、歩太さんはそのまんまなんと、練馬《ねりま》インターから高速に乗ってしまった。関越《かんえつ》自動車道。ずっと昔、父さんの運転する車で群馬のほうまで行ったことがある。

あっけにとられたあたしを乗せて、ワゴン車はすいすいと追い越し車線を走る。こんなに飛ばして大丈夫なのかなとスピードメーターを横目で盗み見ていると、歩太さんがこっちを見てにやりとした。

「捕まるようなヘマはしないから安心して」

「あ、ごめんなさい。そういうつもりじゃ」

「大船に乗ったつもりでどうぞ。まあ、乗った大船がタイタニックだった、って場合もあり得るわけだけど」

「……歩太さん」

「はいはい大丈夫、大丈夫。安全運転で行くから」

くすくす笑いながらも、歩太さんは言葉どおり左の走行車線に入り、スピードをいくらか落とした。

軽口が、あたしの気持ちを少しでも上向きにしてやろうという気遣いなのはわかっていた。

フロントガラス越しに、頭上を次から次へと後ろに飛び過ぎてゆく街灯を見あげる。その一定の速度と、タイヤが道路の継ぎ目を踏む音のリズムが交互に刻まれるのが心地よくて、あたしはしばらくぼんやりしていた。

街灯のはるか上空、親指の爪くらいの半月がかかっている。気がつけば、

「びっくりしたでしょ」

言葉が無防備に口からこぼれ出ていた。

「ん？　何が？」

「あたしの父親。あんなふうでびっくりしたでしょ」

「いや。お父さんの状態そのものには、べつにそれほど驚かなかったけどね。ただ……」

あたしが隣を見やると、歩太さんは言いにくそうに口に出した。

「あの、きみの部屋のドアの鍵には、正直、かなりびっくりした」

見られてしまったのかと、諦めと共に思った。どさくさだったし、気がつかないでくれるかと思っていたのだけれど、歩太さんはやっぱり見逃してくれなかった。

父さんが死んじゃう、とあたしから聞かされた彼がまずしたのは、家に上がり、倒れている父さんの状態を確かめた後、救急車を呼ぶことだった。待っている間にも、吐いた時に喉が詰まらないよう横向きにしてくれたり、あたしに毛布を持ってこさせて小刻みに震えている体をくるんでくれたりした。

十分足らずで到着した救急隊が、父さんを担架に載せ、台所を横切って運びだす——

歩太さんがあの鍵に気づいたのは、たぶんその時だったのだろう。あたしが小さい頃からドアにかかっている〈ＭＡＲＩ〉というプレートの斜め下に、外側から取り付けられた銀色の鍵。担架が通るのに邪魔になる暖簾《のれん》を持ちあげながら、歩太さんはちょうどあのドアの前に立っていたのだ。

「あれは、誰が付けたの？」

「……父さん」

「いつ。最近?」

「ううん。もうずっと前」

「どうしてあんなことを」

「わかんない。あたしの顔が見たくなかったんじゃないかな。あたし……母親そっくりみたいだし」

横顔だけでも、歩太さんが眉をぎゅっとひそめているのがわかる。

そういえば、これまで、うちの事情なんてほとんど何も話していなかった。せいぜい、あたしの母親がフィリピンの人で、育ててくれたおばあちゃんは亡くなってしまって、今は父親と二人暮らしで、だから夕食を作りに帰らなくちゃいけない、ということくらいしか。

追い越し車線をポルシェが恐ろしいスピードで飛ばしていく。赤いテールランプが見えなくなってからも、ジェット機みたいな爆音はずっと聞こえていた。

「あたしね……ほんとに醜くて、汚いんだ」

「またそういうことを言う」

「べつに、すねたり、気を惹こうとか思って言ってるんじゃないよ。ただの事実。おばあちゃんはいつもいつも、口癖みたいに言ってた。『あんたはあの女の血を引いとんよ。

そういうやらしい体で、物欲しそうな顔をしてるんが何よりの証拠よ』。『このままいったら、あんたもどうせまともな人間になるわけないよな。あの女と同じ、売女になるのが関の山よ』ってね」

「……なんだそれ」

と、彼が唸る。怒った狼《おおかみ》みたいだった。

「茉莉のおばあちゃんは、あれだな。よっぽどそのお母さんのことが気にくわなかったんだな」

「そうだね。たぶん」

「だけど、それにしたって孫にまでそんな……」

可哀想に、と歩太さんは言った。

――かわいそうに。

あたしは思わず泣きそうになった。あたしのことを可哀想だなんて言ってくれる人は、これまで世界に一人もいなかったのだ。それだけじゃない。もしも他の誰かから、たとえばタクヤから同じことを言われたら、あたしは絶対にそれを認めなかっただろう。歩太さんだからこそ、こんな気持ちになるのだ。あたしを可哀想だと言っていいのは歩太さんだけだ。

でも。

「ねえ」

「うん？」

「あたし、歩太さんが描いてくれたあの絵が、ほんとに嬉しかった。あたしのこと、すごく綺麗に描いてくれてたでしょ」

「いや、あれは誇張でも何でもないよ。言っただろ。俺の目に、っていうか夏姫にしろ慎一くんにしろ、きみ以外の全員の目に、きみはあのまんまの姿に見えてるんだから」

ありがと、とあたしは言った。

「でもね。おばあちゃんは、さすがにわかってた。あたしの中身はね、どろどろのヘドロみたいなの。今夜のお父さんより、もっと臭くて汚くて、どうしようもなく腐りきってるの」

感情的に響かないようにと思って、淡々と並べたのがかえっていけなかったのだろうか。歩太さんは、ますます眉根をきつく寄せてあたしを見た。

「危ないから、前を見て」

あたしに言われて、おとなしく前方へ目を戻す。しばらく黙っていた後で言った。

「訊いていいかな」

「なに？」

「さっきのあの彼氏とは、どこで知り合ったの？」

とっさに答えられずにいるあたしに、かぶせるように続ける。

「茉莉が、あの彼のことをほんとに好きで付き合ってたんなら、それはそれでいいんだ。俺が口を出すようなことじゃない。でもね、ごめん、さっきからいくら考えてみても、俺には、あの彼がきみにふさわしいようにはどうしても思えない。こういう言い方はきみに失礼だと思うし、違ってたらほんとに申し訳ないけど、あえて言うよ。もしかして何か、あの男から脅されるとか、無理強いとか、されてたってことはない？」

「………」

「もしそうだったら、ちゃんと教えておいてほしい。俺が事情を知っていれば、これからは一緒に対処することもできるんだから」

あたしは黙っていた。いくらそう言ってもらっても、じつはね、なんてすら説明できるはずがない。

本当のことを話せば、歩太さんはきっと気にする。あたしがタクヤに利用されていたのは自分のせいなのかとか思って、責任を感じてしまうかもしれない。

でも、それより何よりあたしには、タクヤが盗み撮りしたあの写真について、歩太さんにどう話せばいいかわからなかった。本来は何の問題もないはずのあの場面がどうして強請《ゆすり》のネタになるかなんて、実物の写真を見ていない彼にはうまく伝わらないだろうし、どんな角度から撮られていたかとか、それがどういうふうに見えたかとか、事細かに説明するのもいやだった。あの夏の日に歩太さんとあたしの間だけにあった、言葉にならない何か特別なものが、それによって穢《けが》れてしまう気がしたのだ。

「そ……んなことないってば。考えすぎ」

「ほんとに？」

「……ほ、」

「茉莉。遠慮しなくていい。何も気にせずに、俺には本当のことを言っていいんだ。大丈夫だから。誰かにバラしたら酷い目に遭わせるとか何とか、もし脅されているんだとしても、そんなことにはならない。俺が、させない。だから言って。本当はどうなの」

本当にそんなことはないから、と言おうとしたのに、喉がふさがって、どうしても言葉が出なかった。

「やっぱり、そうなんだね？」

迷いに迷った末に、とうとうあたしが頷くと、歩太さんは深い溜め息をついた。

「だよな。そうでもなけりゃ、きみみたいな子があんな男たちに関わるわけがないと思ったんだよ」

あたしは、黙って首を横にふった。それは違う。買いかぶりだ。あたしはむしろ、歩太さんたちよりもタクヤたちの世界に近い人間なのだ。

でも、ずっと言えずに秘密にしていた真実を打ち明けたというだけで、かつて覚えがないほどの圧倒的な安堵感があった。今夜、加納から助けてもらったとき以上だったかもしれない。背骨から力が抜けてばらばらに崩れ落ちるかと思うくらいだった。

「ほら。もう、全部話しちゃってごらん。きっかけは何だったの」

「きっかけ……は……」

口ごもるあたしに、

「なあ、茉莉」歩太さんは根気よく言った。「きみは、すごく頭がいい。十五歳だなんて思えないくらい賢いし、洞察力もある。でも、当たり前のことだけど、どうしても人生の経験値が少ない。すっかりわかっているようでいて、十五年生きただけのきみに見えてないことも世の中にはたくさんあるんだよ。きみより馬鹿な大人でも、きみより多くのものを見ている場合もある。きみの知らない出口を知ってる場合もね」

……出口。

「きみはもっと、大人を頼ることを覚えたほうがいい」

「大人を？」

「そう」

「大人って呼べる人なんか、あたしのそばには一人もいなかったよ」

はっとしたように歩太さんが身じろぎをした。そうか、とつぶやく。

「俺でも、駄目かな」

「あ、ううん、そうじゃなくて」あたしは慌てて言った。「歩太さんたちに会うまでは、ってこと」

「よかった。だったら、これからは俺を頼ってほしい。男の俺には話しにくいことなら、夏姫でもいいし、うちのおふくろだっていい。こんなことを聞かせたら迷惑なんじゃないかとか、そういうよけいなことは一切考えなくていいから」

心の裡《うち》を読まれたかのようだった。

「茉莉はさ、もっと、年相応の子どもでいていいんだよ」

頭上を通過する明かりと、タイヤの下で聞こえる音は、相変わらず一定のリズムを刻んでいる。あたし自身の鼓動がそれに重なる。

催眠術にかかる時ってこんな感じなんだろうか。気がつくとあたしは、初めて自分のことを歩太さんに話してしまっていた。

母親がある日突然いなくなってしまったこと。おばあちゃんのきつい性格や、小さい頃から言われ続けた言葉や折檻《せっかん》の数々。父さんの自殺願望と、やがて始まった我が家ならではの特殊な慣習について。あるいはまた、あたしが学校を休みがちになった頃のこと。タクヤにナンパされ、他に息をつける場所がなくて彼の部屋に入り浸るようになったこと……。

あたしがそうして今ひとつ要領を得ない話をしている最中も、歩太さんはときどき口をはさんでいろんなことを訊いた。投げかけられる質問に答えようとして立ち止まるたび、あたし自身の抱えている問題の本質がだんだんとくっきりしていくのだった。

「しつこいようだけど、もう一度訊くよ」

歩太さんは言った。

「きみのことだから、ああいう男に対してはきっと、その、関係性とかはともかく、簡単に心まで許したりはしなかったはずだと思うんだ。俺の勝手な願望も少しは混ざってるかもしれないけど、これまでのきみを見ているとそうだろうと思う。だからこそ不思議なんだよ。いったいどうして、あんなやつに脅されるようなことになったわけ？　どんな弱みを握られたの？」

「それは……」

「たいていのことなら、話したくなければ話さなくてかまわないって言う。だけどこれだけはちゃんと教えてほしい。知っておかないときみを守れない」

体がカッと熱くなった。

今ここで死んでしまってもいいくらいの幸福感と、同じくらい強い悲しみとが交錯する。このひとからそこまで言ってもらうほどの価値なんて、あたしにはない。ないのに、こんなに嬉しいと思ってしまうことがそのまま、自分への罰のようで苦しい。

「茉莉」

あたしは、思いきって口に出した。

「写真を、撮られたの」

歩太さんに守ってほしいからじゃない、ここまできたら、隠しておくよりはむしろ知っておいてもらったほうが彼も対処のしようがあるかもしれないと思ったからだ。

「それと……言うことを聞かなかったらザボンを殺すって」

歩太さんの舌打ちと、汚い呪詛《じゅそ》の言葉を初めて聞いた。

「写真って、どんな写真」

きっと、あられもないのを想像したんだろう。右隣からものすごい怒気が押し寄せてくる。

「昼寝、の……」

「は？」

「いつだったか、あたしが縁側でうたた寝しちゃったの、覚えてる？　日に灼けちゃうからって、歩太さんが抱きあげて運ぼうとしてくれたことがあったでしょ」

「ああ、うん。途中で茉莉が目を覚ましたんだっけ」

「そう」

「それが何」

「その時の写真を撮られたの。たぶん、庭先の塀のあたりから」

「………」

「おかしいよね。実際は何にもないのに……あるはずがないのに、写真になると、なんかヘンなの。ヘンな写真に見えちゃうの」

しばらくの間があった。やっぱり、もう少し詳しい説明が必要なんだろうか。口をひらきかけた時、彼は言った。

「それで？」

「え？」

「『言うことを聞かなかったら』って言われたんだろ？　俺とザボンっていう人質を取って、あいつはきみに何をさせたんだ？」

抑えこんだ怒りの質量が凄まじい。迂闊な答え方をしたら、いきなり急ブレーキでも踏みこみそうだ。

歩太さんも自分で危ないと思ったんだろうか。久しぶりに車線を変えて、ちょうどすぐそこの出口から高速を降りた。頭上には「花園《はなぞの》」と標識が出ていた。真夜中に照らし出されるその地名は、なんだかちょっと浮き世離れしていた。

少し走って広い道路に出ると、歩太さんは街路樹の並ぶ路肩に車を寄せて停め、エンジンは切らずにハンドブレーキを引いた。深い、長い溜め息とともにハンドルに突っ伏す。

「ごめん」

顔を伏せたまま、呻くように呟いた。

「何が？」

「今こうやってふり返ってみれば、いろいろ思い当たることはあるのに、全然気づいてやれなかった」

「ううん。あたしが勝手に隠してたんだもの」

歩太さんはのろのろと顔を上げ、組んだ両腕に顎をのせた。恐ろしい顔で、行く手の暗がりを睨みつけながら言った。

「ひどいこと、されたのか」

「……そんなことないよ」

しばらくの間、歩太さんは黙って何か考えこんでいた。どんなことを想像しているんだろうと思ったら、身の竦《すく》む思いだった。片っ端から否定したかったけれど、嘘はつけない。たぶん歩太さんみたいな人が思い描く程度の「ひどいこと」なら、タクヤはとっくの昔に、それこそ写真なんかちらつかせるより前にあたしにしている。

「茉莉」

いつもより一段と低い声で、歩太さんは言った。

「何をされたかとか、したかとか――そういう具体的なことは、茉莉が話してしまって楽になるならいくらだって聞くし、どうしても話したくなければそれでいい。俺からは、無理には訊かない。でも、これだけは覚えておいてほしいんだ。俺は、茉莉がたとえ今までどんなことをしてきたとしても、」

びくっとなったあたしに目を向けて、歩太さんは続けた。

「絶対に、きみを責めたりしない」

「…………」

「世の中がどんなにきみを責めても、俺は必ずきみの側に立って味方する。約束する」

「……なんで？」

「うん？」

「あたしが何をしたかも聞かないうちから、なんでそんなことが言えるの？」

「信じてるからにきまってるでしょ」

耳を疑った。

「あたしの何を！」

思わず叫ぶ。体を起こして隣に向き直ると、シートベルトが首筋に食いこんだ。

「信じるだなんて、そんな簡単に言わないでよ！　あたしなんかの何を信じられるっていうの？」

「茉莉……」

「このあたしが自分で自分のこと信じられないでいるのに、なんで歩太さんはあっさりそんなふうに言えるの？　ねえ、なんで？」

ずっと抑え込んでいた気持ちが迸《ほとばし》って止まらない。

「いいかげんにわかってよ。もう何回も何回も言ってるじゃない。あたしは、汚くて、醜くて、腐りきってるの。歩太さんたちみたいなまともな人になりたくてどんなに頑張ったって、どうせ〈売女〉にしかなれやしないの。だからお願い、歩太さん、あたしのことを信じるって言うんだったら、これだけ信じてよ。あたしみたいなのに騙されちゃ駄目。信じるだなんて言っちゃ駄目だよ……！」

一気にまくしたてたせいで、苦しくて心臓が痛くなる。肩で息をつきながら、あたしはそれでも、祈る思いで歩太さんを見つめた。もう、充分だ。このひとからはもうすでに、過ぎるほどのものを与えてもらった。自分に酔って、悲劇のヒロインぶって言ってるんじゃない。このひとのそばに置いてもらいたいと望む気持ちとまったく同じだけの強さで、あたしは彼から、あたしという邪魔なものを切り離したかった。

けれど歩太さんは、見ているこちらが気の抜けるような顔でぽかんとしていたかと思うと、なんと、ふいに笑いだした。くすくす笑いから、上を向いての大笑いになる。

「な、なに？　なに笑ってるの？」

狼狽《うろた》えるあたしに、

「いや、ごめん。マジでごめん」

歩太さんは拳を口もとに押しあてて笑いをこらえながら謝った。

「いやさ、俺にしても、ちょっとほっとした反動っていうか……おかしくて笑ったわけじゃないんだ。ただ、きみがあんまり真剣な顔で変なこと言いながら怒りまくってるのを見たら、なんていうかさ」

「変？　ぜんぜん変じゃないでしょう？」

それには答えず、どうにか笑いを収めた歩太さんは、ひとつ息をつき、ようやく真顔に戻ってあたしをまっすぐに見た。

「あのね。俺だってね、『きみを信じてる』なんて言葉がどれだけ嘘くさく響くかは知ってるよ」

「じゃあどうして」

「俺が信じてるのは、悪いけど、きみじゃなくて俺自身なの」

「え」

「というか、俺自身の〈人を見る目〉みたいなものかな。俺はね、茉莉。きみのことをすごく尊敬してる」

「尊……？」

「だってそうだろ。小さい頃からそんな目に遭ってきて、ふつうだったら世の中全部を呪い散らしたっておかしくないのに、きみはそうやって、自分には何もしてくれない親父さんの晩飯のことを心配したり、赤の他人の俺や猫のことを守ろうとしたりしてくれてる」

「そんなの……当たり前のことだし」

「いや。ぜんぜん当たり前じゃないよ。なあ、茉莉。俺はまだ、きみのことを充分にはわかってないかもしれない。それでも、きみが俺たちに対して心をひらいてくれたのがどれほど特別だったかってことくらいはわかってるつもりだよ。そのきみが、俺とザボンを守るために、それこそ体を張って必死になってくれたんだ。そのためにしたのがどんなことだとしたって……たとえ人殺しだって、この俺がきみを責められるわけないだろう」

違うか、と歩太さんが言う。

胸がいっぱいになってしまって、あたしはうつむいた。このひとは、ほんとうに、どうしていつもこんな……。

さがしても、さがしても、何も言葉が見つからない。あたしはようやく言った。

「……人は、殺してないよ」

声がかすれた。

「わかってるよ」

ばかだな、と苦笑して、歩太さんはもう一度あたしの頭を撫でてくれた。

「茉莉はね。これからしばらく、他の誰の言うことも聞かなくていい。俺の言うことだけ聞いてなさい」

びっくりするようなことを、歩太さんは言った。

「きみは、ちっとも醜くなんかない。もちろん、中身が腐ってもいない。おばあさんがきみに教えたことなんか全部間違いだったってことを、俺はこれから、どれだけ時間をかけてでも、きみに納得させてやらなくちゃと思ってる。覚悟しといたほうがいいよ。昔から俺は、こうと決めたら絶対にあきらめない性格なんだ」

†

国道沿いのラーメン屋さんで、チャーシュー麺を二つ注文した。

おなかが極限まですいていたせいか、それとも知る人ぞ知る名店なのかわからないけど、ものすごくおいしくて、涙が出るほどおいしくて——あたしは、湯気に顔を湿らせながらほんとうに少し泣いてしまった。向かい側で見ていた歩太さんが、何ともいえない顔で紙ナプキンを差しだしてくれた。

帰りも、高速道路に乗った。

ごめん、そもそもこんなに遠くまで来るつもりじゃなかったんだ、と歩太さんは言った。所沢《ところざわ》かせいぜい川越《かわごえ》あたりで引き返してくる予定だったのに、話に集中していたら、行き先のことなんか頭から飛んでしまっていたそうだ。

でも、あたしにはありがたかった。もしあのまままっすぐ歩太さんの家に帰っていたら、あんなふうに何もかもは打ち明けられなかったかもしれない。窓の外を行き過ぎる単調な景色と、体に響いてくる同じく単調なリズムに身を任せていると、今ここにいる実感がふっと薄まって、隣の歩太さんさえそこにいるようないないような妙な感じがして、そのおかげでふだんなら言えないようなことも話してしまえた気がする。

おなかがいっぱいになった帰りの道でも、それは同じだった。今夜は歩太さんの家に泊まっていくように言われていた。一人にさせるのは心配だから、と彼は何度も言った。

「もっと早く相談してくれればよかったのに」

練馬のインターを出て、見慣れた道を走りながら歩太さんは言った。高速に感覚が慣れてしまったせいで、時速六十キロくらいでもノロノロ運転に思える。

「だって……」

「いや、俺に心配かけたくなかったのはわかってるよ。でも、その写真のことにしたってさ、もし近所じゅうにばらまかれたとしても、きみが思うほど大きな問題にはならなかったよ」

「うそ、どうして？」

「だって俺は、もとから自由業だしさ。真面目に会社勤めをしてる人ならともかく、そういうことが原因で仕事に支障をきたしたりはしないでしょ」

「でも歩太さん、あの家からはそう簡単に引っ越すわけにいかないじゃない。変な噂をたてられたりしたら……」

「うん、それにしたってさ。あそこには、じいさんの代から住んでる。俺はあの家で生まれて、近所の人たちにおむつまで替えてもらったりして育った。言ってみれば親戚のおじさんやおばさんみたいなものでさ。親父が入院しておふくろが店を出してからは常連になって通ってくれたり、自分ちの商店の看板を俺に描かせてくれたりした人たちだよ。そこへ、たとえおかしな写真がばらまかれたとしたって、みんな笑いとばすか、逆に一緒になって怒ってくれたにきまってる。この俺がロリコンの変態男だなんて、信じるような人はいなかったと思うよ」

それを聞いて、どんなにほっとしたかしれない。この先、万一タクヤが逆恨みして何かしようとしても、あの写真にはおそらく効力なんかないのだ。

でも――だったら、あたしが必死になってしたことには何の意味があったんだろう。このひとを守りたい、絶対にあたしのトラブルに巻きこみたくないと思ってしたことだったのに、結局はこうして、かえって迷惑をかけている。

黙ってしまったあたしから、例によって何かを感じ取ったのだと思う。家の近くの空き地に『菊池塗装店』のワゴン車を停め、ロックして歩きだすと間もなく、歩太さんはあたしの首に後ろから腕を巻きつけてぎゅうっと絞めあげた。

「ほんっと、ばかだよなあ、茉莉は。こんなちっちゃいくせに、生意気に一人で抱えこもうとするなんてさ」

もつれ合うようにして夜道を歩くのが泣きたいほど幸せで、あたしはどさくさ紛れによろけたふりをして歩太さんに抱きついてみた。

「でも、話せなかったんだもの」

作業着に顔を埋め、かすかに残っているペンキの匂いを吸いこむ。

「どうしても、話せなかったの」

「わかってるよ」と、歩太さんは言った。「ばかだなんて思ってないよ。ほんとは俺、感動してるんだ」

「感動？」

「うん」

鍵を開け、歩太さんががらがらと引き戸を開ける。いつも庭先からお邪魔してばかりだから、玄関で靴を脱ぐのは久しぶりだった。物音を聞きつけたザボンが奥から現れて、あたしを見るなり尻尾をぴんと立て、甘えて体をこすりつけてくる。

歩太さんがお風呂をざっと洗い流してお湯をためる間に、あたしは台所でやかんを火にかけた。何を淹れよう。寝る前にお茶を飲んだら眠れなくなるひとだろうか。いつもはせいぜい夕方までしかここにいないから、夜の歩太さんについては何もわからない。

（……夜の歩太さんだって）

一人で耳たぶを熱くしながら、あたしは自分を、これまでいちばん〈いやらしい〉と思った。

いま考えれば、タクヤに撮られた写真にあたしがあんなにも狼狽えてしまったのは、無意識の奥底に沈んでいた淡い願望のかけらみたいなものに、あたし自身が過剰反応したせいかもしれない。いったいどれだけ欲張れば気が済むんだろうと情けなくなる一方で、さっきの歩太さんの言葉に望みをつないでしまう自分がいる。

〈俺はこれから、どれだけ時間をかけてでも、きみに……〉

まだ、そばにいられる。そばにいてもいいんだ。それだけで赤ん坊みたいに泣き叫びたい気持ちになるあたしを、歩太さんはきっと知らない。

お風呂のドアが閉まる音がして、水音が遠くなった。戻ってきた彼に訊くと、お茶でもコーヒーでもまったく大丈夫、とのことだった。

「あたしは、ぜんぜん駄目」

「へえ。カフェインに弱いんだ？」

「デリケートって言ってよ」

わざと軽口をたたいてみる。

「朝起きてすぐ牛乳を飲むと、おなかがごろごろするしね」

ちょっとふしぎな感じの間があいた後で、

「そっか。いるよね、そういうひと」

歩太さんは目を細めた。

客間に布団を敷いてくると言って彼が二階へ上がっていったあと、古い家屋の真上の部屋からみしみしと響く物音を聞きながら、あたしはいつにも増して丁寧にお茶を淹れ、自分用には夏姫さんが置いていったハーブのティーバッグを一つもらって淹れた。窓は閉まっていても秋の夜の空気はしんとして、板の間を踏む足先が冷たかった。

「風呂から上がったら、もういつでも寝られるよ」

下りてきた歩太さんは、あたしの差しだした湯呑みをサンキュ、と受け取ると、急に思いだしたように頷いた。

「そうだ、ちょっとおいで」

あたしを促し、アトリエにしている部屋に行く。頭上の紐《ひも》を引っぱると、蛍光灯が何度か瞬《またた》いてから点《つ》いた。

隅っこの机の上に山と積みあげてあるクロッキー帳のいちばん上から、彼は一冊を取ってあたしに差しだした。

ぎょっとなった。それは、この部屋の中でいちばん古い、あのクロッキー帳だった。

「見てごらん。そこに座って」

持っていたマグカップを、こぼさないように小さいテーブルに置き、かわりにクロッキー帳を受け取って腰をおろす。歩太さんも、いつも絵を描く時の椅子に座った。

そっとひろげようとして手を止め、あたしは言った。

「ごめんなさい。黙ってたけど、あたしこれ、前にも見ちゃったの」

「ああ、なんだ、そうか」

こともなげに歩太さんは言った。

「かまわないよ。この部屋にあるものの何ひとつ、きみに見ちゃ駄目だなんて言ったことはないんだし」

ほっとして、あたしは言った。

「このひと、似てるけど夏姫さんじゃないよね」

「わかる？」歩太さんの目尻に皺が寄る。「あの慎一くんでさえ、最初はすっかり間違えたんだけどな」

「だってそばかすがあるし、よく見れば表情とか全然違うもの」

うん、と歩太さんが頷く。

あたしは、思いきって訊いてみた。

「誰なの？　このひと」

「夏姫の姉さんだよ」

続く言葉を、なぜだろう、あたしは耳で聞くより前にはっきりと確信した。

「もう、ずっと前に亡くなったんだけどね」

ひんやりとした夜気に静まり返る部屋、窓越しに庭の虫の音がしみ入ってくる。

「桜の好きなひとでさ。西行《さいぎょう》法師の花の歌に憧れる、なんて言ってたと思ったら、ほんとに桜の頃にいなくなっちゃって……だから、春がめぐってくるたびに否応《いやおう》なく思い出す。俺も、夏姫も」

あたしは、今年の春、歩太さんを死体と間違えた時のことを思わずにいられなかった。虚空へと伸ばす腕。指の間を無情にすり抜ける花びら。

古ぼけたクロッキー帳のページをそっとめくる。夏姫さんより少しおっとりした顔立ちのそのひとは、どんな角度から描かれても透きとおるように綺麗だった。それこそ光に透けた桜の花びらみたいな、あるいは孵化《ふか》したばかりのカゲロウの羽みたいな、どう見ても生身の人間とは思えないほどの透明感はまるで、もうすぐ消えてしまう自分の運命をうっすらと悟っている人のそれのようにも思えた。

もしかして、病気の末に亡くなったんだろうか、それとも……。

知りたかったけど、そんなことまで訊けやしない。だって、歩太さんにとってこのひとはきっと――。

「夏姫から、どうせいろいろ聞かされてるんだろ」

と、歩太さんが言う。どこか可笑《おか》しそうな、からかうような口調に、あたしはかえって胸が痛くなって、目を上げた。

「なんにも聞いてないよ。歩太さんにこんなひとがいたなんて知らなかった」

「ほんとかあ？　じゃあ、そのひと以外で俺がちゃんとキャンバスに描いたのは、この十四年間で茉莉だけだってことは？」

夏姫さんの、ちょっと潤んだような声を思いだす。

〈ありがとうね、茉莉ちゃん。ほんとに、ありがとう〉

「それは、ちょっとだけ聞いたけど」

「ほらみろ」

「でも、それだけだもの。このひとが誰かとか、そういうのは今初めて知ったし……」

むきになって言ったら、歩太さんがふっと笑った。

「いや、いいんだ。夏姫のやつも、やっとそうして人に話せるようになったんだから、むしろいいことなんだよ」

目だけは笑ったまま、もう一冊べつの、まだ真新しいクロッキー帳を取ってあたしによこす。

「でね——これが新作」

ページをひらいて、言葉を失った。

顔、首、肩、手足。目、眉、鼻、唇。

頭のかたち、耳のかたち、瞳や、爪や、てのひらの皺。

全部、あたし、だった。ところどころにザボンの尻尾や肉球なんかも混ざっているけれど、ほとんどはあたしを描いたデッサンばかりだった。空白という空白が、無数の鉛筆画で埋め尽くされている。

「いつのまに……」

ぜんぜん気がつかなかった、と呟くと、歩太さんはちょっときまり悪そうに苦笑した。

「勝手に描いてごめん。でも、前にも言ったろ。きみがいてくれると筆が乗るって」

「あれって、こういうことだったの？」

「いや、こういうことだけじゃないんだけどね。たとえば風景画ひとつ描いていても、これまでとは昂揚《こうよう》感みたいなものがまったく違うんだ。絵を描きながら、抑えきれない喜びで胸が熱くなるなんてこと、本当に久しぶりなんだよ。何て言えばいいのかな……もうずいぶん長い間、大事なひとを弔《とむら》うような気持ちで描いてばかりいたから」

キャンバスに向かっている時の歩太さんが、目に見えない境界を踏み越えて、この世よりもあちら側の世界に行ってしまったように見えたのはそのせいだったのだろうか。絵筆を走らせながら彼は、亡くなってしまったひとと、声のない会話を交わしていたのかもしれない。

「茉莉の、お父さんのことだけどさ」

いきなり、ぜんぜん別のことを歩太さんは言った。

「体は心配だけど、きっと大丈夫だよ。肝硬変もそこまでひどい状態にはなってないって先生は言ってたし、ちゃんと治療さえすればきっとよくなる。自殺願望があったって、きみのあの親父さんはたぶん、いきなり死んでしまったりするタイプじゃないんじゃないかな。お酒をあれだけ飲むのも、まあ消極的な自殺と言えなくもないけど、逆に、途中で誰かに止めてもらいたいっていうSOSでもあるように思うんだ。うちの親父とは違う」

「え？」

ちょっと待って。何、いまの。いま何か、とんでもないことを聞いた気がする。

「うちの親父と違うって……それ、どういう意味？」

「うちの親父は、いきなり自分で死んじゃったっていう意味」

風が、ガラス戸をかたかたと揺らす。がらんと広い家が、みしり、と軋む。

あたしは、痺れかけた脳味噌を懸命に働かせた。

「歩太さんのお父さんて……病気で亡くなったんじゃ……」

「うん。まあでも、病気ではあるでしょ。心の」

「…………」

「さっきの絵の、夏姫の姉さん——春妃《はるひ》っていうんだけどね」

息がかかるだけではらはらと散ってしまう花を前にしているかのように、歩太さんはほんとうに大事そうにその名前を口にした。

「そのひとは、昔、親父の主治医だったんだ」

「主治医？　ってことはつまり、」

「そう。精神科の医者ってこと。だから……親父が飛び降りた時は、自分を責めて責めてさ。よくなってると思って一時でも退院を許したりした自分の責任だって」

肩をゆっくりと上下させて、歩太さんは音のない溜め息をついた。

「だけど俺、思うんだよ。自分でもうはっきりと死ぬことを決めてしまっている人間の心に、いったいどうやったら手が届くんだろうって。あれから俺も、いやっていうほど考え続けてるけど、いまだにわからない。どうしたって無理だ、なんて諦めてしまうのは寂しすぎるけど、じゃあ親父のために何かもっとしてやれたのかって考えると、できることは全部やったようにも思えるしね。春妃にも、そう伝えるしかなかった」

「その時はもう、恋人同士だったの？」

いや、まだ、と言って、歩太さんはちょっとだけ笑った。

「何しろ難攻不落だったからね」

「お姉さんて、夏姫さんのいくつ上？」

「八つ」

「うそ！　じゃあ歩太さんとも？」

「まあ、そういう計算になるかな」

「歳の差が問題だったってこと？」

歩太さんは、微妙な首のかしげ方をした。

少し目を伏せて、思いきったように言った。

「最初は俺、夏姫と付き合ってたから」

思わずあんぐり口があいた。

「俺だけ浪人して、だんだん溝ができていって、そのうちに俺が春妃を好きになっちゃって別れたけど、そんなに簡単に整理が付くものでもなくてさ。それに、姉の立場的には、妹の元彼とほいほい付き合う気にはなれないのが普通だろうし」

「でも結局は……でしょ？」

「うん。まあ、いろいろあったけど、最後には俺を受け容れてくれた」

ものすごく納得してしまった。

今よりもっとずっと若かった頃の歩太さんと、クロッキー帳に描かれたこのひととは、並ぶととてもお似合いだったろう。きっと、夏姫さんも辛かったんだろうな、と思う。いま歩太さんと夏姫さんの間に行き交う、恋人とも親友とも兄妹ともつかないあの不思議な空気感は、そんなふうな過去を乗り越えてきたからこそなのか。

なんだかとてもあったかい気持ちで、あたしは言った。

「じゃあ、歩太さん、お姉さんを相手にそうとう頑張ったんだ」

「そうだな」彼はふっと息を吐いた。「俺があんなに頑張らなかったら、春妃は死ななくて済んだのかもな」

耳に冷たい刃物を差し入れられたようだった。

「……え？」

「きみを見てると、時々ふっと思いだす」

「……そのひとを？」

「そのひともだけど」彼の声がゆらりと揺らいだ。「もし、あのとき生まれていたら――今頃はきみの一つ下だった」

言える言葉など、何もなかった。

ほんとうなら、今ここに、在ったかもしれない、命。あたしの知らない歩太さんの、長い、ながい時間。途方もなく深い、闇。あたしはその子の代わり？　とか、そんなのんきな感傷なんか入りこむ余地もないほどの事実の重み。

歩太さんの目の奥が、日が陰ったみたいに昏《くら》い。

息を殺して見つめていると、彼はその翳《かげ》りを断ち切るように顔を上げ、凍りついているあたしの顔を見て、すまなさそうに微笑んだ。

「ごめん。変なこと言った」

「……ううん」

やがて彼は、大きく息を吸いこんだ。そうして、空気をまるごと入れ換えるみたいな溜め息をついた。

「いつか、全部話すよ」

「……ほんと？」

「うん。茉莉にはちゃんと知っておいてほしいから」

あたしは、頷いた。

「とにかく――きみの親父さんについてはさ。今日ああして関わって、きみから話を聞いただけだけど、まだ間に合うんじゃないかって気がするんだ。俺は専門医じゃないけど、というか専門の医者だって断言はできないわけだけど、でもきっと、何とかなる。何とかしよう」

「どうすればいいの」

言葉にしたとたんに、どっと不安が押し寄せてきた。これからいったいどうやって生活していけばいいんだろう。うちって、お金とか大丈夫なんだろうか。通帳のある場所は一応知ってるけど、どうやったら銀行からお金を下ろせるのか、未成年の子どもが行っても下ろせるものなのか、そんなことさえあたしは知らないのだ。

泣きそうになりながらそう言ってみたら、椅子から立ってそばに来た歩太さんが向かい側に腰をおろし、あぐらをかいて、大きな手であたしの両手を包んでくれた。

「大丈夫。そういうことは全部、何とかなるようにできてる」

「ほんと？」

「本当。社会のシステムがちゃんとそうなってる。ああなるまでは真面目に働いてきた人なんだから、そこは大丈夫。それよりも、今はとにかく親父さんの体を治すのが先だよ。もちろん心もだけど、気力を支えるのはやっぱり体力だからさ。肝臓がいくらかよくなったら今度は、心療内科に入院するとかして、アルコールを完全に断ち切ってもらわなくちゃいけない。で、どうやって本人を説得するかは……」

歩太さんはあたしの目を覗きこむようにして言った。

「病院の先生にも相談しながら、明日一緒に考えよう」

「明日？」

「うん。だって、今ここで俺らがどんなに必死になって考えても、現実的に親父さんのためにできることは何もないでしょ」

言われてみれば確かにそうだ。

「だったらきみは、自分のために今できることをしなきゃ」

「今できることって？」

「早く寝ることじゃないかな」

ぽかんとなって、そのあと、思わずふきだしてしまった。気が抜けたせいだ。

「そうそう。そうやって笑うことも大事」

「歩太さん、前もあたしにそんなこと言ってたよね。もっと笑えって」

「だって、でないと笑った顔が描けないでしょ」

「え、そういうこと？」

歩太さんはそれには答えずに、あたしの両手をぽいっと乱暴に放りだし、さっさと立ちあがった。

「さ、早く風呂入っといで」

「歩太さん、先に入ってよ」

「いいから。子どもはもう寝る時間です」

自分があんな遠くまでドライブに連れてったくせに——と、つっこんであげようかと思ったけれどやめた。なんだかこのまま、無茶な理屈を言われっぱなしでいたかった。

　パジャマ代わりに歩太さんの大きなシャツとスウェットパンツを借りることにして、そこだけはあんまり古くないお風呂を使わせてもらう。男性用のさっぱりし過ぎるシャンプーで髪を洗ってから、うそ、コンディショナーって使わないんだ、と驚く。ボディソープに至っては全身がスースーして痛いくらいだった。

　軋む髪を、タオルにくるんでお湯に浸《つ》かる。加納につかまれた手首とか、引きずられた時の膝とか、あっちこっちの擦り傷にお湯がしみて痛かったけれど、もしあのとき歩太さんが助けてくれなかったら今頃はそれどころじゃなかったはずだ。あたしは一晩じゅう加納のいいようにされて、しかも父さんは朝まであの状態で、うっかりするとそのまま死んでしまっていたかもしれない。何日かたって初めて、父さんの死体を発見することになっていたかも……。

　想像しただけで、熱いお湯の中なのにぶるっと震えた。

　急に一人でいるのが我慢できなくなって、急いで体を拭き、もつれそうになる髪も拭き、ドライヤーで半分くらい乾かしたあとは諦めて、再び乾いたタオルでくるんだ。ぶかぶかのシャツの下に、これまたぶかぶかのスウェットをはいて洗面所を出る。

　台所の明かりは消えていて、廊下の奥、アトリエの部屋だけが明るかった。そっちの方角から冷たい風が入ってくる。歩太さんが窓を開けているんだろうか。

廊下側の障子は閉まっていなかったけれど、いきなり覗くのは不躾《ぶしつけ》に思えて、そっと声をかける。

「お先にお風呂いただきました」

ほーい、と返事が聞こえて、彼が出てきた。頭にタオルを巻いたあたしを見るなり、含み笑いをする。

「なに？」

「いや。蒸したてホヤホヤの饅頭《まんじゆう》みたいだなと思って」

「はあ？」

「あ、ほら、そうやってふくれて湯気立ててるとよけいにさ」

ひどいことを言いながら見おろしてくる歩太さんの目が、あんまり優しくて、嘘みたいにあたしのことが愛おしそうで、胸が締めつけられる。このひとはいったい、今までにどれだけ大切なものをなくしてきたんだろう。そうしてそのことを、どれほど繰り返し後悔し続けてきたんだろう。

火照《ほて》った肌に、涼しすぎる風が吹く。歩太さんの後ろ、開け放たれた縁側の向こうに庭の桜の大きな影が見える。

〈満開の時はほんとに、涙が出るくらい綺麗なの。来年は、茉莉ちゃんも見にいらっしゃいよ〉

「……歩太さん」

「ごめんごめん、冗談だって」

「だからそんなに怖い顔するなよ」

「歩太さん」

「違うの、歩太さん」

やっと黙った彼をまっすぐに見あげ、あたしは、大きく深呼吸をしてから言った。

「消えたり、しないよ」

「え？」

「あたしは、急に消えたりしない」

「……茉莉」

「さっき歩太さん、約束してくれたよね。何があっても絶対にあたしの味方をするって。あれ、ほんと？」

歩太さんが頷く。

「だったら――代わりにあたしも約束する。この先、どんなことがあっても、あたしは歩太さんの前から消えたりしない。歩太さんがもういやだって言ったらすぐ消えるけど、それまではそばにいる。ずっと長くここに通ってこられるように、病気とか、怪我とか事故とか、うんと気をつける。もう変な男に引っかからないようにするし、自分をもっと大事にして、歩太さんのためだけに使う。あと、ごはんは塩味を考えてちゃんとおいしく作れるようにするし、いっぱい笑えるように頑張るから、だから……」

「茉莉、」

「だからお願い。――もう、ひとりで泣かないで」

吸って吐く息のように、自然にこぼれた言葉でしかなかったのだ。

なのに、どうしてだろう、歩太さんのがっしりとした顎が、小刻みに震えだす。何か言おうとひらきかけたままの唇も。太い眉の下の両目に、みるみるうちに透明な膜が張りつめていって、そんなんじゃあたしのことなんてちゃんと見えてないんじゃないかと思ったら、あふれてこぼれ落ちた。

「茉莉」

声になっていない。

「……茉莉」

彼の右手がそっと伸びてきて、あたしの顔に触る。ちゃんとそこにいるかどうか確かめるかのように、額にふれ、鼻筋をたどり、頰を何度か撫でて――それから、頭の後ろに手をあててあたしを抱き寄せた。静かな、まるで水面に小さな滴《しずく》が落ちて波紋が広がるような、そんな穏やかな動作だった。

ありがとう、と低い声が降ってくる。

あたしは、返事の代わりに、歩太さんの背中に両腕をまわした。加納たちから助けてもらった時とは違って、頑丈な腕に抱きしめられているのじゃなく、あたしのほうが壊れそうな彼を抱いている気持ちだった。

歩太さんの心臓も、あたしのそれも、いつもどおりの鼓動を刻んでいる。お互いがお互いをすっぽりと包みこんで、こうしていると何ひとつ欠けているものなどないかのように思えた。

彼は、とても秘《ひそ》やかに泣いた。時折り洟《はな》をすすり上げるほかは、生まれてこのかた声をあげて泣いたことなんてないんじゃないかと思うくらいに静かで、それなのに、頬から顎を伝って彼自身の胸やあたしの額の上に滴り落ちてくる滴は、堤が決壊したかのような量なのだった。

そうして声をたてずに泣く歩太さんに腕をまわしていると、なんだか彼の内側にだけ雨が降っているような錯覚を覚えた。その連想がさびしくて、腕に力を込める。あたしはここにいるよ。あなたを置いて消えたりしない。あなたに、あたしを見送らせたりしないから。ぎゅうっと抱きしめたら、歩太さんがようやく、もう一方の手もまわして抱きしめ返してくれた。

ずいぶん長いこと、そうしていたんじゃないかと思う。嗚咽《おえつ》をこらえる彼の体の震えがようやく止まってからも、あたしたちはしばらく離れずにいた。

縁側のガラス戸は開け放たれたままで、外からは覗こうと思えば丸見えだ。

でも、だから何なのだと思った。こういう関係を、もしも変な目で見る人がいたなら、その人のほうがおかしいのだ。あたしと歩太さんの間には何の疚《やま》しいこともない。少なくとも歩太さんの側には、あたしがそっと隠しているような感情さえもない。彼はただ、ずっと長い間どうしても閉じることができずにいた柩《ひつぎ》の蓋に、今やっと手をかけて、お弔いを終えようとしているだけだ。

やがて、退屈したザボンが足もとに体をすり寄せてきた。くすぐったくて身じろぎした拍子に頭のタオルがほどけ、生乾きの髪が背中になだれ落ちる。

「髪……まだ濡れてる」

歩太さんが言った。まだちょっと、喉に引っかかるような声だった。

「そのままだと風邪ひくぞ」

「ん。だいじょうぶ」

「駄目だって。ちゃんと乾かしてから寝な」

洟をちょっとすすったつもりが、うっかり大きな音が出たのが恥ずかしかったのだろうか。歩太さんはあたしから離れ、そっぽを向いたまま言った。

「だって茉莉、約束してくれるんだろ？」

「え？」

「病気とかにも気をつけて、自分を大事にしてくれるって言ったろ？」

俺のためにさ。

そんなことまでわざわざ憎たらしく付け加える歩太さんへと手を伸ばし、あたしは無言で、横腹をぎゅうっとつねってやった。

†

秋が、ひっそり深まっていった。

入院している父さんの肝臓は、もちろんすぐにはよくならなかったけれど小康状態を保っていて、気分がそう悪くない日には看護師さんや先生と言葉を交わすこともあった。ごくたまにだけれど、お見舞いに行ったあたしが何か言えば「うん」とか「いや」とか返事もしてくれた。まともに声を聞くなんて何年ぶりだかわからない。あとから看護師さんが、「もっと体の状態がよくなったら気持ちもどんどん上向きになるはずだからね」と力づけてくれた。

驚いたことに、父さんを見舞いに来る人がいた。四十代半ばの女性で、正直なところ美人とは言えないけど、苦労してそうなぶんだけ物静かで優しげな人だった。

会社の帰りや休みの日に、父さんは時々その人の家へ行っていたらしい。そんな可能性なんて想像したこともなかったからびっくりしたけれど、べつにいやな気持ちは湧かなかった。父親に女性がいたからといって反発を覚えるほどまともな親子関係ではない。

その人は、おずおずと言った。

ここしばらく姿を見せてくれなかったので、てっきり関係を切るつもりなのかと思っていた。まさかここまで肝臓が悪くなっているなんて知らなかった。お酒をやめるように、自分がもっと厳しく言えばよかった。

うつむいて話しながら途中から泣きだしてしまったその人の声を、父さんは横たわって目を閉じたまま、ただひたすら黙って聞いていた。

タクヤからは、一度だけメールがあった。何を血迷ったか知らないけれど、「ゴメン」とたったひと言。土下座を表す顔文字がくっついているのが腹立たしかった。

とはいえ、あの夜のことを落ち着いて思い起こせば、ごくわずかながら彼なりの精一杯を感じなくもなかったのだけど、そもそもそこに至るまでの数々の仕打ちを思うと感謝の気持ちなんかまったく湧いてこなかった。もちろん返信をする気にもなれなくて、あたしはその日のうちに携帯のナンバーとメールアドレスを変えた。

加納はといえば、どうやらあれ以上あたしと関わり合いになるのを嫌ったようだ。歩太さんという物騒な〈保護者〉の出現がよほど想定外だったらしい。

それでも歩太さんは、あたしが父さんのいない家で一人になるのを心配して、彼の家から学校へ通うようにと言ってくれた。ありがたいけれど、いくら何でもそこまで甘えていいとは思えない。

迷っているあたしに、

「何言ってるの、絶対そのほうがいいわよ。そうなさい」

強く勧めてくれたのは、歩太さんのお母さんだった。

「十五の女の子が夜中のマンションに一人ぼっちでいるだなんて、考えただけで心配でおちおち眠れやしないわ。せめてお父様が元気に快復なさるまで、頼むからあの家で暮らしてちょうだい。同居人があんな愛想のない三十男で申し訳ないけど」

「ひと言多いんだよ、おふくろは」

と、三十男が文句を言った。

あたしにとっては、まるで夢のような日々だった。

朝は早めに起きて、東の窓から光の射しこむ台所に立ち、二人ぶんの食事を作る。焼き網で魚を焼いたり、かつお節と煮干しで出汁《だし》を取ったりしていると、おこぼれを期待するザボンが足もとにすり寄ってくる。あたしの味覚はだいぶ正常に戻ってきていて、少し薄めの味付けを心がけるだけで歩太さんに「おいしい」と言ってもらえるようになっていた。

朝ごはんを食べ終わったら、洗いものは歩太さんに任せ、あたしは学校へ出かける用意をする。「行ってらっしゃい」と「お帰り」を言ってくれる人がいるだけで、あれほど苦痛だった学校までがそんなに悪いところでもないように思えてくるのが不思議だった。自分を丸ごと受け容れてくれる場所で寝起きしていると、胸の裡がこんなにも穏やかに凪《な》ぐものだと初めて知った。

夜とか休日の昼間には、歩太さんのお母さんや、夏姫さんや慎一さんがちょくちょく様子を見に来てくれた。時にはそこにマサルが加わることもあった。

誰もが、他の誰かを気遣っている――そんな柔らかな時間と空間に身をゆだねるなんて生まれて初めてのことで、なんとなく落ち着かないような、なのにずっとその甘酸っぱさを味わっていたいような、おかしな心地がした。そうして、そんなあたしと視線が合うたびに、歩太さんは目尻にやさしい皺を寄せて笑ってくれるのだった。

やがて、街にクリスマス・キャロルが流れ始めた。

いくら何でも早すぎないか、などと思っていたらあっという間に十二月になり、布団から抜け出すのが日に日に辛くなり、亀みたいにマフラーに首を埋めても鼻のあたまが赤らむようになった頃、ようやく学校が冬休みに入った。

それは、翌日はイヴという日のことだった。

気のきいたプレゼントを用意できるほどのお金はないけど、みんなも集まるならせめて明日はいつもより手の込んだ夕食を作って、ケーキも焼こう。メニューは何がいいだろう。チキンははずせないし、スープも欲しい、だったら付け合わせは……と料理本をひろげて考えこんでいたあたしは、

「茉莉」

呼ばれたのに一瞬気づかなかった。

「まーり」

はっとなってふり返る。

「あ、ごめん。何？」

すると歩太さんは、あたしをまっすぐに見て言った。

「ものは相談だけどさ。――うちの子に、なる？」

あとでわかったことだけれど、もちろん歩太さんは思いつきでそんなことを言ったわけじゃなかった。

たまに返事をするようになったとはいえ、あの父さんに、あたしを養おうという積極的な意思があるとは思えない。今のところ能力もない。かといって、十五歳のあたしの独り暮らしが認められるはずもなく、このままでは養護施設かどこかへ入るしかなくな

ってしまうかもしれない。それを心配して、歩太さんは夏姫さんの知り合いの弁護士に相談したのだった。どうすればあたしを養女にできるかを。

法的には、あたし自身がそれを望み、父さんが親子関係を解消することに合意すれば、歩太さんの養女というかたちでもとくに問題はなかったそうだ。

でも、土壇場で異を唱えたのは歩太さんのお母さんだった。

「あんたが女の子の親ですって？　ばか言いなさい、頼りないことこの上ないじゃないの」

そりゃ、ふつうの常識がある人だったら反対して当たり前だよね、と思ったら、そうじゃなかった。あたしを、お母さん夫婦の養女にすればいい、という意味だったのだ。

これには弁護士さんも、そのほうがなおさら審査に通りやすいだろうと賛成して、結局あたしはお母さんの再婚相手である渋沢《しぶさわ》さんの籍に入って〈渋沢茉莉〉を名乗り、その上で、ふだんは歩太さんの家で一緒に暮らせるよう、家庭裁判所に申し立てをすることになった。

正直、とうてい現実とは思えなかった。こんなのは全部、自分に都合のよすぎる夢で、ふと目が覚めればあの外鍵のかかった部屋で茫然とすることになるんじゃないか。そう思ったら、怖くて眠れなくなるくらいだった。

「あのね、茉莉ちゃん。怖がることなんか何もないのよ」

その日はお母さんの店に、弁護士さんと歩太さんとあたしの三人が集まっていた。

「人生なんてほら、このお鍋の中身みたいなものよ。お肉が好きだからってそれだけ先に食べちゃったら、あとにはじゃがいもばっかり残るでしょ。べつに逆でもいいんだけど、とにかく、茉莉ちゃんがこれまで生きてきた中で辛いことのほうが多かったのなら、これからはきっといいことばっかり起こるわよ。私が保証してあげる」

「はは、〈人生は肉じゃが〉かよ。ほんと能天気だよな、おふくろは」

そう言って笑った歩太さんに、お母さんは、「そうよ」と、こともなげに請け合った。

「だってそう思わない？　いつか訪れるかどうかもわからない不幸に備えて、必死になって身構えてばかりいるなんて損よ。まだぜんぜん不幸でも何でもないうちから気持ちが滅入《めい》って、自分から不幸になっていっちゃう。そもそも不幸なんてものは、こっちがどんなに準備してたって、それとは関係なく降りかかるものなんだから」

あたしは思わずお母さんの顔を見た。ほっぺたに、小さいえくぼが刻まれていた。

前の旦那さん——歩太さんのお父さんを長いこと看病して、その末に死なれてしまった時、このひとは世の中を呪ったりしなかったんだろうか。きっと周囲には心ないことを言う人たちだっていただろうに、どうやって立ち直って、こんなに柔らかく笑えるようになったんだろう。

この養子縁組の話が持ちあがってからまだ二度ほど会っただけの、渋沢さんの顔を思い浮かべる。言葉数はとても少ないのに、あたしは初めて会って握手を求められた時から、その人に心を許した。

〈よろしく〉

と、渋沢さんは言った。

〈会えて嬉しいよ。焦らず、ゆっくり仲良くなろう〉

目の奥の穏やかさに、あたしは深く安らいだ。

「ね、大丈夫よ、茉莉ちゃん。あなたはもう、一人じゃないんだから。私たちみんなで一緒に考えれば、どんなことだって何とかなる。悪いようにはならないわよ」

やっぱり母子《おやこ》だなあ、と思った。歩太さんと同じようなことを言う。

「毎日、一生懸命前向きに、でもけっこう能天気に楽しく暮らして、それで万一何か大変なことが起こっちゃったら、その時はその時。みんなで頭を寄せ合って考えて、考えてもどうにもならなかったら、みんなで泣けばいいの」

それにね、とお母さんは言葉を継いだ。

「これだけは信じて。あなたは、あなた自身が思っているよりもずっと可愛くて、人から愛される価値のある素晴らしい存在なの。ほんとよ。そうでなかったら、どうして私たちが娘にしたいなんて思ったりする？　養子縁組なんてね、ボランティアじゃできないわよ。あなたが家族になってくれれば、私たちの毎日の幸せは確実に増える。そうしてそれを感じたあなたがもっと幸せになってくれたら、私たちももっともっと幸せになっていく。こんな素敵なことってないじゃない。そう思わない？」

お母さんは帰りがけにあたしを抱きしめて、前みたいに髪をそっと耳にかけてくれた。そうして、今晩二人で食べなさい、と言って、タッパーに詰めたおいしそうな肉じゃがを持たせてくれた。


話は前後するけれど、この養子縁組の話に、あたしの父さんは一度も反対しなかった。

歩太さんによると、前もって主治医の先生と相談のうえで、父さんの体調のよさそうな時を見計らって病室まで話をしに行ってくれたそうだ。

「親父さん、涙ぐんでらしたよ。『娘をよろしく頼む』って」

後からそんな話をしてくれたけど、本当かどうかはわからない。歩太さんならではの作り話じゃないかな、とあたしは思っている。だって、その話が持ちあがった後であたしと病室で二人きりになった時でさえ、父さんは何も言ってくれなかった。あたしと目を合わせようともしなかったのだ。

でも、それでかまわなかった。

あの父さんがあたしを幸せにするためにできることは、たった二つ。とにかく自分で死なないでくれること、そして、あたしの手を放してくれることだ。そこにどんな感情があるにせよ、ないにせよ、その選択を間違わないでくれたというだけで、あたしは父さんに心の底から感謝したい気持ちだった。

そして、もう一人……あたしをこの世に産み落としてくれた母さんにも。すでに顔さえも覚えていない遠い人だし、この先も一生会うようなことはないだろうけれど、今では母さんに対して感謝の気持ちしかない。

歩太さんが描いてくれた絵をそっと手にとって眺めるたびに、あたしは思う。父さんと母さんがめぐり会わなかったなら、そしておばあちゃんがたとえ嫌々ながらにでも育ててくれなかったなら――

あたしは今、歩太さんやその周りの人たちと、こんな縁で結ばれてはいないのだ。

†

公園の桜のつぼみが、ようやくふくらみかけている。年が明けてからの日々は、文字どおり矢のように過ぎていった気がする。

昨日、歩太さんはあたしを、古い小さなお寺へ連れていってくれた。本堂は質素だけれど庭はよく手入れされていて、裏手には墓地が広がっていた。

もう何度、一人でここに来たんだろう。住職さんに借りた手桶《ておけ》とひしゃくでお墓を浄め、お花や水を供えてお線香を上げる間、歩太さんの動作には一切の淀《よど》みがなく、端然として美しかった。墓前に佇《たたず》んで祈る彼の隣で、あたしもそっと手を合わせた。その頭の上にも、桜のつぼみが風に揺れていた。

帰り道、歩太さんは駅のゴミ箱に、ポケットから出した煙草の箱を捨てた。え、とふり返ったあたしの頭を、空いた手でがっしりつかんで前を向かせる。

「いいんだ」

と彼は言った。それだけだった。

あたしはもう、言葉も出なくなって、歩太さんのシャツの裾を握ったまま駅の改札を通り抜けた。ホームに吹く風は柔らかく、高台を走る電車の窓からは、もうすぐ花開く桜の並木が遠くに見えていた。

ふつうの染井吉野《そめいよしの》よりずっと早く咲く歩太さんの家の桜は、すでに満開だ。縁側から庭におりて立つと、爛漫《らんまん》と咲き誇る淡い色の花が空いっぱいにぴたりと蓋をして、庭全体がどこからも切り離された異世界のように思えてくる。

でも、ほんとうはそうじゃないことを、あたしはもう知っている。冬の次には必ず春が来るように、夏が巡ればマサルのクワガタがうごめきだすように、あるいはまた、歩太さんの描く絵の中で、山や空や大地が彼の大事なひとと同じものであるように——この世界の中であたしたちはみんなつながっていて、いつか同じ場所へ還《かえ》ってゆくのだ。

まだ冷たさの残る朝の風に逆らうように胸を張って、あたしは公園のケヤキ並木の下を歩く。丸太の階段を上がった桜の広場で、今ごろはもう、ひと足先に散歩に出た歩太さんが待っているはずだ。きっと一人で思いをめぐらせたいこともあるのだろうと、あたしは家のことを済ませてから出てきた。

今日、あたしたちは養子縁組の申請書類を出しに行く。たぶん一ヵ月くらいはかかるそうだけれど、何ごともなく受理されたら、あたしは歩太さんの〈義妹〉になる。

〈そうしておいたほうが、いつかもしもの時にね〉

と、お母さんが笑っていた意味はよくわからないけれど、少なくとも以前のあたしだったらこんなこと、怖くてぜったい決断できなかったと思う。本当は、今だって怖い。だけど、手の中のものがなくなってしまう時のことばかり考えて先回りして怖がっている限り、あたしはいつまでたっても、あたしの大事なひとを守れない。

階段が見えてくる。その上はもう、あの広場だ。

一段飛ばしで駆けあがる。ふんわりと柔らかな春空の下、ほんの一年前には桜の下の死体だと思った人が、どこか照れくさそうな顔で待っている。

彼が差しだしてくれる手に向かって、あたしは走りながら手をのばす。

この世でいちばん大切なひとのもとにたどり着くまで待てなくて、まるでバトンを渡すみたいに、思いっきり、手をのばす。

解説

榎本正樹

本書は『天使の卵　エンジェルス・エッグ』（94・1）に始まる村山由佳の代表作「天使シリーズ」の完結編である。『天使の卵』は、美術専門学校に通う十九歳の浪人生、一本槍《いっぽんやり》歩太《あゆた》を主人公に、歩太と年上の精神科医・五堂春妃《ごどうはるひ》の愛と青春と喪失を描いた物語として多くのファンの共感を得た。二作目の『天使の梯子《はしご》』（04・10）では、春妃の妹で元高校教師の斎藤夏姫《なつき》と恋に堕《お》ちる教え子の古幡慎一《ふるはたしんいち》を主人公に据え、慎一と夏姫の苦難を越えた恋の情景が描かれた。『天使の卵』と『天使の梯子』の間隙を埋める『ヘヴンリー・ブルー』（06・8）は、一連のできごとが夏姫の視点から語られる断章的ストーリーであった。

小説すばる新人賞を受賞した『天使の卵』は、村山由佳の実質的なデビュー作である。デビュー十周年の二〇〇三年に、村山は『星々の舟』（03・3）で直木賞を受賞する。直木賞受賞後第一作として『天使の梯子』は出版された。デビュー二十周年の二〇一三年に上梓《じょうし》されたのが『天使の柩《ひつぎ》』（13・11）である。天使シリーズは村山由佳の小説家としての履歴の要所を飾るドキュメントのような作品として、数ある村山作品の中でも特別の位置にある。

『天使の卵』は、歩太と春妃が出会った一九九三年三月二十六日金曜日に始まった物語であると推定できる。『天使の梯子』ではそれから十年後の二〇〇三年が、『天使の柩』ではさらに四年後の二〇〇七年がメインの時間に設定されている。物語の開始時点で十代だった歩太と夏姫は三十代になっている。そんな彼らの前に現れるのが、本書の主人公＝語り手で十四歳の少女、天羽茉莉《あもうまり》である。

茉莉はネグレクトされた子供だ。フィリピン人の母親が四歳の時に家を出てから彼女の受難は始まる。父方の祖母からことあるごとに否定的な態度と言葉を投げつけられて育った少女は、自分が「醜くて、いやらしくて、汚い」人間だと思いこむ。祖母亡き後、性格が急変した父親によって、自分の部屋に外鍵で閉じこめられるという異常な生活を送る。さらに二十歳のタクヤとの自堕落な関係が、彼女をネガティブな局面へと追いつめていく。

そんな茉莉が石神井《しやくじい》公園で絵を描く一本槍歩太と出会う。歩太の「電撃的なひと目惚《ぼ》れ」によって始まる天使シリーズは「出会いの物語」である。ある瞬間、主人公は誰かと突然出会ってしまう。それは避けようのない突発的な「事故」のような状況としてもたらされる。出会いは偶然の賜《たまもの》であるが、偶然の出会いはそれが実現した次の瞬間に必然へと転化する。登場人物は出会いによって悦《よろこ》びを得ると同時に、傷つき、疎外され、絶望し、遂には救済される。天使シリーズから読みとれるのは、どのような結末が訪れようと、それでも人と人は出会わなければならないとする強いメッセージだ。彼らはなぜ出会うのか。出会ってしまうのか。それは、個人と個人の出会いこそが人生において最大の可能性であり、希望であるからだ。

「死」もまた不意打ちの「事故」のようなものだ。死は歩太の父親や春妃や慎一の祖母に、何の脈絡もなしに突如襲いかかってくる。「そもそも不幸なんてものは、こっちがどんなに準備してたって、それとは関係なく降りかかるものなんだから」とは歩太の母親の言葉であるが、「運命の平等性」は天使シリーズの、いや村山由佳の作品全体のベースにある考え方である。

物語の冒頭部分で、茉莉は満開の桜の下に横たわる歩太を「仰向《あおむ》けの死体」と見間違える。「仰向けの死体」として認識された歩太は、確かに「死んだ」存在である。春妃を失った十四年前のあの日以後の時間を生き長らえている。歩太は茉莉に見いだされる形で「生の世界」へと連れ戻される。同じように、歩太のヴァルネラブルな性格が、無意識のSOSを発信している茉莉を見いだす。茉莉と歩太はお互いを見いだしあう。この見いだしあう関係は、関係小説としての本作の中心に置かれるものだ。

歩太と茉莉と夏姫と慎一。そこに歩太の母親と彼女の再婚相手の渋沢を加えてもいい。

彼らの関係を説明することはむずかしい。彼らは友人であり、恋人であり、同志であり、家族であるが、同時にそのいずれでもない。私たちは彼らの関係の中に、ある共通の価値観で結ばれた精神共同体の姿を見る。ひと言では説明できない彼らの関係を名指しして形を与えるために、本シリーズは書かれたといってもいい。

家庭にも学校にも居場所を失った茉莉は、街で出会ったタクヤの下宿に通い、その見返りとして未成熟な性を差しだす。大人からネグレクトされ、恋人からも邪険な扱いを受ける孤独な少女が無意識に抱く「救われたい思い」に呼応するのが歩太である。歩太もまた「救われたい思い」を心の中に秘めている。歩太は茉莉を「救う」ことで救われる。「救いたい思い」と「救われたい思い」は必ずしも交差しない。『天使の柩』は両者の非対称性こそを明らかにする。「救いたい思い」と「救われたい思い」は互助的であり、「救いたい主体」と「救われたい主体」は時として反転しうる。『天使の柩』は歩太が茉莉を救う話であるとともに、茉莉が歩太を救う話であり、同時に、茉莉が歩太に救われる話であるとともに、歩太が茉莉に救われる話でもある。さらにいえば、そのような二人の関係に周囲の人びとが救われる話である。ここに相互認証による罪の赦《ゆる》しと救済という新たな主題が立ちあがってくる。

登場人物の誰もが「罪」の意識に苛《さいな》まれている。『天使の卵』で歩太との関係が夏姫に露見した際、妹を思いやる春妃に苛立《いらだ》った歩太は無言で家を出る。それが最後の別れになってしまう。歩太の中に「これから先も永遠にいやされるはずのない後悔」が刻印される。歩太と春妃の関係を知った夏姫は、姉に決定的なひと言を言い放つ。姉は妹に謝り続けて、この世を去る。夏姫は姉に対して怒りの言葉を投げつけ、傷つけたことを悔やんでいる。慎一もまた、両親から見捨てられた自分を育ててくれた祖母に心ない言葉を発してしまい、謝罪の機会を得ぬまま、心筋梗塞で祖母を失う。歩太、夏姫、慎一は、犯してしまった罪の深さにもがき、苦しむ。彼らは時間の連続性から切り離されてしまう。

歩太、夏姫、慎一らを「関係のハブ」として取り結ぶ茉莉もまた罪人《つみびと》である。茉莉の罪は他人の死に絡んではいない。大人たちのネグレクトによって彼女の中で醸成されてしまった原罪意識と、自己処罰的な踏み外しの行動に対する罪障感が彼女に課せられた罪である。罪を背負った彼女は、本作においてマグダラのマリアに重ねられる。

マグダラのマリアは新約聖書の中で、イエスに「七つの悪霊《あくれい》を追い出していただいたマグダラの女と呼ばれるマリア」（「ルカによる福音書」8－2）として登場する聖女である。娼婦《しょうふ》であった彼女は悔い改め、イエスの磔刑《たっけい》と埋葬と復活において重要な役回りを果たす。岡田温司『マグダラのマリア　エロスとアガペーの聖女』（中公新書）を読むと、「悔い改めた罪深き女性」というマグダラ像が、その時代の宗教状況や民衆の無意識をすくい取りながら形成されていったことがわかる。マグダラのマリアは、創作者の想像力を喚起するイメージの源泉として、文学や絵画や彫刻や映画の中で繰りかえし描かれてきた。茉莉＝マリアが意識された本書も、これらの膨大な先行作品の系譜の中に位置づけることができる。

茉莉は堕落に身を委ね、ひたすら下降していく。男とホテルに行きお金を受け取った茉莉は、「とうとうほんものの〈娼婦〉になってしまった」と思う。作者は茉莉に苦難を与え、躊躇《ちゅうちょ》することなく堕落の道を歩ませる。性と俗の世界に染まっていく彼女を徹底的に描く。「闇の底からすくい上げてくれた〈救世主〉」と茉莉が考える歩太との出会いが、彼女を悔い改めの行動に向かわせる。その罪が深ければ深いほど、悔い改めによって獲得される罪からの解放の度合いも大きくなる。茉莉とは、マグダラのマリアと同じ劇的な機能を付与された「マグダラの茉莉」なのである。「聖」と「俗」は通底している。地上的な俗世界を突き抜けたその先に聖性はたちあらわれる。茉莉は宗教学者のミルチャ・エリアーデがいうところの「聖なるものの顕現《ヒエロファニー》」である。

茉莉は歩太を「救世主」と見なす。この作品の背景にあるのは、その罪を浄《きよ》め、彼女を愛したイエス・キリストとマグダラのマリアの関係劇である。村山由佳の小説にはキリスト教の余韻を感じとることができるが、天使シリーズにはキリスト教や聖書の世界観が充溢《じゅういつ》している。ミッション系の学校で学んだ村山のキリスト教理解と聖書の享受については、インタビューを含む作家論的な検証が必要だが、本作を一読すれば、この作家に与えた影響の大きさが推察できる。

　シリーズを通してアイコン化される「天使」もまた、キリスト教、ユダヤ教、イスラム教の中で創造された、神からの伝令を人間に伝える神と人間の中間的な存在である。天使＝媒介者としての茉莉の役割は、「天羽」という名字において明らかだ。天羽茉莉という名前には、天使とマグダラのイメージが、あるいは天使の羽根をもつマグダラのイメージが重ねあわされている。『天使の卵』では歩太が春妃にプレゼントするピアスが、『天使の梯子』では真夜中の雲間から差す月の光が、それぞれ天使の出典になっていた。『天使の柩』では、天使とマグダラの役割を与えられた茉莉によって、「ずっと長い間どうしても閉じることができずにいた柩の蓋に、今やっと手をかけて、お弔《とむら》いを終えようとしている」歩太の姿が思い描かれる。「お弔いを終え」るとは喪が明けること。罪から解放され、自分自身や他者との和解が果たされることを意味している。

　すべては一本槍歩太と五堂春妃の運命的な出会いに始まった。二人の出会いは、悦びと苦しみと、痛切な罪の意識をもたらした。『天使の卵』とほぼ同じ状況が『天使の梯子』で繰りかえされる。悲劇は反復する。状況やモチーフの「反復」は天使シリーズに顕著な物語の構造であり運動であるが、シリーズ完結編の本作において、この運動は茉莉の力によって「止揚」される。

　痛みと受難を経て獲得しうる人間関係がある。喪失や絶望を経験してようやく訪れる希望がある。痛苦を資産として共有することで初めて成り立つ共同体がある。物語の終わりで、茉莉は父親と母親を救すだけでなく、彼らに感謝の気持ちを抱くまでに到《いた》る。両親がめぐり会わなかったら、いまの自分はなく、歩太や周りの人たちとの出会いもなかったことに彼女は気づく。この「気づき」が茉莉に回心《コンヴァージョン》をもたらす。天使シリーズでは、喜びも悲しみも、受難も僥倖《ぎょうこう》も、生も死もすべてが突然に、平等に登場人物に降りかかる。森羅万象はあまねくニュートラルな現象であるとする、見方によっては虚無的ともいえる思想が、天使シリーズには流れている。しかしよく考えてみれば、それはこの世を統《す》べる根本の原理ではないだろうか。

改めて思うのは物語の力だ。天使シリーズを書き継いでいく中で、作者の村山でさえも、物語の終着点がこのような奇跡的な和解のヴィジョンに収斂《しゅうれん》するとは想像していなかったのではないだろうか。『天使の卵』でデビューした小説家は、言葉に鍛えられ、物語に導かれ、さらにはたゆまぬ自己鍛錬と持続する志によって、このような高みにまで到達しえた。私たち読者もまた、苦しみ傷つきながら成長する本シリーズの登場人物を見守り続けてきた。本書には小説だけが辿《たど》り着くことができる「境地」が表現されている。その意味において、『天使の柩』はまさしく小説の中の小説といえるのである。

（えのもと・まさき　文芸評論家）

この作品は二〇一三年十一月、集英社より刊行されました。
初出
「小説すばる」二〇一二年一月号〜七月号

村山由佳の本

おいしいコーヒーのいれ方 I〜X

集英社文庫

彼女を守ってあげたい。誰にも渡したくない——。
高校3年になる春、年上のいとこのかれんと同居することになった「僕」。
彼女の秘密を知り、強く惹かれてゆくが……。
切なくピュアなラブ・ストーリー。

おいしいコーヒーのいれ方 Second Season Ⅰ〜Ⅷ

（以下続刊）

鴨川に暮らすかれんとなかなか会えず、悶々とした日々をおくる勝利。
それぞれを想う気持ちは変わらないが、ふたりをとりまく環境が、
大人になるにつれて、少しずつ変化してゆき……。

天使の卵 エンジェルス・エッグ

そのひとの横顔はあまりにも清冽で、凜としていた——。

19歳の予備校生の〝僕〟は、8歳年上の女医にひと目惚れ。

日ごとに想いは募るばかり……。第6回小説すばる新人賞受賞作。

天使の梯子

年上の夏姫に焦がれる大学生の慎一。だが彼女には決して踏み込めないところがあった。

大事な人を失って10年。残された夏姫と歩太は立ち直ることができるのか。

傷ついた3人が奏でる純愛。

ヘヴンリー・ブルー

8歳年上の姉、春妃が自分のボーイフレンドと恋に落ちた。

「嘘つき！　一生恨んでやるから！」口をついて出たとり返しのつかないあの言葉……。

夏姫の視点から描かれた「天使の卵」アナザーストーリー。

夜明けまで1《ワン》マイル somebody loves you

バンドとバイトに明け暮れる大学生の「僕」。美人でクールな講師のマリコ先生に恋したけれど、学生と教師、しかもマリコ先生には夫がいる。ひたむきで不器用な青春の恋の行方。

遥かなる水の音

緋沙子は、若くして亡くなった弟の遺言を叶えるため、モロッコへ旅立つ。同行者は、弟の同居人だったゲイのフランス人と、弟の親友のカップル。4人の想いが交錯し、行き着いた先とは？

放蕩記

愛したいのに愛せない——。38歳、小説家の夏帆は、母親への畏怖と反発から逃れられずに生きてきた。大人になり母娘関係を見つめ直すうち、衝撃の事実が。共感と感動の自伝的小説。

集英社文庫

天使《てんし》の柩《ひつぎ》

2016年6月30日　第1刷　　定価はカバーに表示してあります。

著　者　村山由佳《むらやまゆか》

発行者　村田登志江

発行所　株式会社　集英社
東京都千代田区一ツ橋2-5-10　〒101-8050
電話　【編集部】03-3230-6095
【読者係】03-3230-6080
【販売部】03-3230-6393（書店専用）

印　刷　凸版印刷株式会社

製　本　凸版印刷株式会社

フォーマットデザイン　アリヤマデザインストア　　マークデザイン　居山浩二

ISBN978-4-08-745453-6 C0193